이중 아바타

우리문고 30

이중 아바타　2023년 5월 22일 처음 펴냄 | 2024년 2월 1일 2쇄 펴냄 | 지은이 권재원 | 펴낸이 신명철 | 편집 윤정현 | 영업 박철환 | 관리 이춘보 | 디자인 최희윤 | 펴낸곳 (주)우리교육 | 등록 제 313-2001-52호 | 주소 03993 서울특별시 마포구 월드컵북로 6길 46 | 전화 02-3142-6770 | 전송 02-6488-9615 | 홈페이지 www.urikyoyuk.modoo.at

ISBN 979-11-92665-18-4 43810

이중아바타

권재원 지음

우리교육

이종훈 / 마법사 유마리

지극히 평범한 중3 남학생. 지각 대장. 공부, 얼굴, 운동, 친구 관계 등 뭐 하나 내세울 것 없어서 학교에서 투명 인간 취급을 받지만, 학교 핵인싸인 유마리의 남자 친구라는 것에 자부심을 느낌. 강윤처럼 게임을 잘하는 건 아니지만 마리와 함께 시간을 보내기 위해 '슬라디넬라'라는 게임을 열심히, 많이~ 한다. 오래 게임하는 만큼 마리와 오래 있을 수 있다는 뜻이니까.

유마리 / 기사 이종훈

종훈과 같은 학교 동급생. 엄친딸. 공부도 잘하고 얼굴도 예뻐서 학교에서 선생님과 학생 모두의 지대한 관심을 받는 핵인싸. 대부분 모범생이 그렇듯 공부면 공부, 게임이면 게임 뭣 하나 허투루 하는 것이 없다. 종훈과 게임 캐릭터를 바꾼 후 욕설이 가득한 DM을 계속 받자, 방학 때 며칠 밤을 새워 가며 레벨업할 정도로 독한 구석이 있다.

김강윤 / yanghak

종훈과 같은 반 친구. 공책 펼쳐 놓고 게임 전략을 짜는 등, 누가 보면 SKY 노리고 공부하는 줄 오해할 정도로 게임에 진심인 녀석. 대전 붙는 모든 사람을 5분 안에 헤드샷으로 게임 종료시킬 정도로 초고수지만, 종훈처럼 공부를 못 하기는 매한가지다. 신기하게도 학원에 가라는 부모님 말씀은 절대로 지키는 반전 매력 쩌는 착실한 아이.

조영완 선생님 / 와니 쌤

종훈네 반 담임 선생님. 본명은 조영완. 성격 쿨하고 얼굴도 예쁜 데다 강윤과 게임 대결을 할 정도로 권위주의적이지 않아서 학생들한테 인기가 많다. 복장 위반에 대해선 너그럽지만, 지각에 대해서는 까다롭다.

이오종

학생회장. 엄친아. 잘생긴 데다 공부와 운동을 잘하고, 그림까지 잘 그리는 한마디로 사기캐릭터. 유마리 곁을 얼쩡거리는 것을 보면, 좋아하는 눈치다.

차례

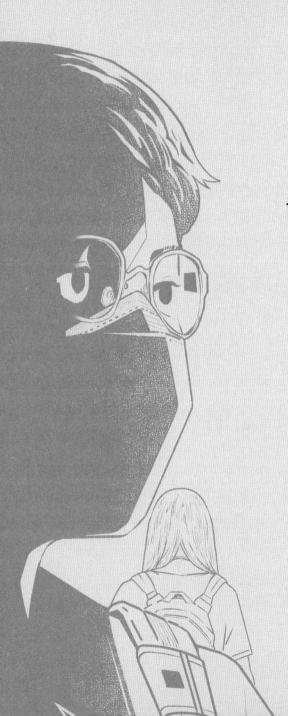

1. 벌점 관리맨

허억 푸욱, 허억 푸욱

종훈이 달린다.

날숨을 뱉을 때마다 마스크에서 괴상한 소리가 나고, 들숨을 마
실 때마다 마스크가 입술에 달라붙어 갑갑하다. 하지만 요란한 것
은 소리와 모양뿐. 뒤로 스쳐 지나가는 풍경은 걸을 때와 그다지
다르지 않은 속도로 멀어져 가고, 저만치 보이는 학교는 마스크가
아무리 입술에 붙었다 떨어졌다 펌프질해도 도무지 가까워지지 않
는다.

옆에서 누가 본다면, 저 아이는 그냥 걸어가지 무슨 달리기라도
하는 것처럼 요란을 떨고 있나 할 판이다. 마스크를 쓰고 달려서
인지 새벽까지 게임하느라 잠을 설쳐 컨디션이 엉망인지 원래부터
저질 체력이라 그런지는 잘 모르겠다.

그때 주머니 속에서 반갑지 않은 소리가 들린다.

까뚝.

'시간 없는데 웬 카톡?'

안 그래도 숨 차 죽겠는데 혈압까지 올라간다. 그런데 그보다 더 짜증 나는 건 이 와중에 폰을 꺼내 보고 있는 자신의 모습이다. 이게 뭔 꼴이람? 과학 시간에 배운 무조건 반사가 이런 것일까?

카톡을 열어 보니 프로필에 총 들고 있는 애니 캐릭터(이름은 까먹었다)가 윙크하고 있다.

같은 반 친구, 어쩌면 유일한 친구인 강윤이다.

> 야

열어 보니 메시지라곤 이게 전부다.

뭔 짓이래? 이 바쁜 시간에? 폰을 집어넣으려는데 또다시 까똑.

> 이거 말이야
> 솔까
> 걔
> 웃기지 않음?

이 자식, 지금 뭐 하자는 거야? 한마디면 끝날 내용을 몇 줄씩 끊어서 치고 있다. 짜증 나는 놈.

게다가 마지막이 물음표. 어쩌라고? 대답이라도 하라는 거야? 이 와중에?

종훈은 이걸 그냥 씹어 버릴까 말까 망설이다 바쁜 걸음을 멈추고 성의 없이 몇 글자 친다. 대체 왜 이러는지 자신도 궁금하다. 하긴 어차피 숨이 너무 차올라 더 뛸 수도 없다.

> 뭐가?

보내자마자 바로 답장이 온다. 대답 안 했으면 큰일 날 뻔했다. 그런데 또 줄줄이 끊어서 온다.

> 줄
> 서는 거
> 운동장에
> 거리두기 한다고
> 빙글빙글

순식간에 폰 화면이 강윤이 프로필로 가득 찬다.

물음표만 없지 또 의문문이나 마찬가지다. 그러니까 등교하는 학생들 체온 측정한다고 1미터씩 간격 두고 운동장 한 바퀴 돌려 가며 줄 세운 거 웃긴다는 거, 그런데 어쩌라고? '개 웃겨, 쌤 뒤집어짐 어쩌고~' 하고 대답이라도 하라는 건가? 아니면 그냥 'ㅇㅇ'이라도 하라는 거임?

사실 웃기긴 하다. 카페, 음식점, 마트 이런 데는 다 줄도 안 서고, 체온도 안 재고 우르르 들어가는데 학교만 엄근진하게 이러고 있다. 이미 온 나라가 마스크 쓰는 거 말고는 코로나 이전이나 다를 바 없는데, 학교만 이렇게 엄근진해 봐야 꼴만 우습다. 그런데 학교 꼴만 우스운 게 어디 한두 가진가? 학교 9년째 다니지만 새삼스럽다. 더구나 온 세상이 뒤죽박죽된 이 코시국에 이해할 수 있는 게 얼마나 된다고. 지각은 시각이고, 아무래도 한 소리 해 주고 가야겠다.

그래도 종훈은 하고 싶은 말을 한 줄에 몰아넣어 보는 사람 짜증 나지 않게 나름 배려할 줄 아는 학생이다. 사실은 본인이 바빠서지만.

> 뭔 개소리야? 너 지금 어디야?

"아이, 씨……."

종훈은 보내자마자 자기 이마를 친다. 무심결에 톡 보냈는데 실수했다. 아차 하는 사이에 의문문을 보내고 말았다.

'아 뇨, 이럼 또 톡 쏟아지는데. 게다가 강윤이는 매너 따위 쌈 싸 먹은 녀석인데.'

아니나 다를까 까뚝 소리가 1초 간격으로 기관총처럼 터진다.

< 나? >

< 지금? >

< 운동장 >

< 줄 서 있는데 >

< 여기서 보임 >

< 너 교문 밖에 줄 서는 거 >

이번에는 여섯 줄이다. 꼴에 도치법? 그래 봐야 반전의 묘미는커녕 그냥 읽기 헷갈리기만 하다.

하지만 종훈은 이제 강윤의 톡 따위에 짜증 낼 시간도 없다.

"자, 앞 사람과 거리 1미터 간격 유지하고 한 줄 섭니다."

생활지도부장 선생님, 그러니까 학주 목소리가 들리기 때문이다.

학주는 본관 현관에서 등교 지도하다 지각 시간이 다가오면 슬슬 교문 앞으로 나와 지각생을 잡는다. 교문에 미처 들어서기도 전에 학주 목소리가 들린다는 것은 이제 카운트다운 시작이라는 뜻이다.

지각 체크 시간은 8시 40분. 그런데 폰에 찍힌 시간은 8시 38분. 2분밖에 안 남았다. 그나마 8시 40분이라는 지각 시간도 원래 8시 30분이던 것을 사회적 거리두기 등교와 발열 체크 시간 때문에 10분 늦춰 준 것이다.

하지만 종훈은 그 시간에 등교는커녕 일어나는 것도 벅차다. 오전 8시 15분쯤 간신히 일어나 아무거나 잡히는 대로 후다닥 입고 (대개는 체육복이다) 헉헉 거친 숨소리를 내지르고 부스스한 머리카락을 흩날리며 교문을 돌파하는 것을 매일 아침 반복한다.

그나마 집이 학교 바로 옆이라 지각 체크 직전에 아슬아슬하게 골인하곤 했다. 집이 여기서 조금만 더 떨어져 있었다면 조회는 당연히 날려 먹고, 1교시 시작 전에 들어가는 것도 어려웠을 것이다.

남은 시간 2분, 남은 거리 30미터 남짓. 살살 달려가면 30초면 갈 수 있는 거리.

문제는 사회적 거리두기 등교다. 1학년 때 하던 이 짓을 3학년이 된 지금까지 계속할 줄은 몰랐다. 학생들을 1미터 간격으로 한 줄을 세우다 보니 줄이 교문 밖까지 늘어져, 교문 바깥 50미터 지점부터 줄을 서서 기다려야 한다.

그럴 수밖에. 아주 간단한 산수다.

학생 350명이 1미터씩 간격을 둔다. 그럼 일단 350미터. 학생 몸통과 가방 두께가 50센티미터라 치면 다시 175미터 추가해서 최소 525미터의 줄이 늘어선다. 그런데 본관 현관에서 교문까지 운동장을 한 바퀴 빙 둘러서 줄을 세운다 치면 현관에서 운동장까지 50미터, 운동장 한 바퀴가 150미터, 운동장에서 교문까지 다시 50미터니까 결국 275미터가 모자란다. 당연히 교문 바깥까지 아주 긴 줄이 늘어설 수밖에 없다.

남은 시간 1분 30초. 교문 밖으로 삐져나온 줄은 30미터. 본관 입구에서 보건 선생님이 한 사람 한 사람 체온 측정하고 손 세척까지 시킨 다음에 들여보내니 줄 1미터 전진하는 데 걸리는 시간은 5초. 따라서 종훈이 교문을 통과할 때까지 걸리는 시간은 3분 45초.

결론은 지각 확정.

'여 이종훈! 죽이는데? 이렇게 계산 잘하는데 왜 수학 점수는 그 모양이야?'

뭐냐 이건, 하필 이런 생각이 떠오른다. 하긴 종훈도 정말 궁금하다. 평소에도 계산을 참 잘하는데 수학 시간만 되면 숫자 꼴도 보기 싫어지니 말이다. 누가 좀 가르쳐 줬으면 좋겠다.

어쨌거나 지각은 확정이니 종훈의 목표는 이제 지각 체크는 감수하고 다른 거 안 걸리고 무사히 교문 통과하는 것으로 바뀌었다. 무엇보다 복장 위반.

생활지도부장 선생님은 마치 맹금류의 눈이라도 가진 것처럼 학생들 복장 위반을 잘 잡아내기로 악명 높다. 처음에는 '호크 아이'라는 별칭으로 불렸는데, 마블 좋아하는 애들이 말도 안 된다며 머리까지 반쯤 벗겨졌으니 '대머리독수리'라고 부르자고 했고, 당연히 호크 아이보다는 그쪽이 더 재미있어서, 결국 그렇게 정착되고 말았다. 물론 본인은 아직도 자신이 호크 아이로 불리는 줄 안다.

복장 위반을 지적하자고 치면 종훈은 걸릴 게 한두 개가 아니다. 당장 종훈이 지금 입고 있는 옷부터 문제다. 교복도 체육복도 아니기 때문이다. 종훈은 지금 줄무늬 들어간 검은색 아디다스 트레이닝 바지와 남색 면티 그리고 그 위에 청회색 후드 집업을 입고 있다.

원래 작전은 지각 체크 직전 학생들이 우르르 몰려 들어가는 아수라장에 슬그머니 묻어 들어가는 것이었다. 그런데 지각 체크를 당하게 생긴 지금 상황에선 아무리 머리를 굴려 봐도 빠져나갈 구멍이 안 보인다.

종훈은 좀처럼 교복을 입지 않는다. 사실 입학하고 나서 교복 입고 학교 온 날을 손에 꼽는다. 코로나 때문에 학교 탈의실이 문을 닫아 체육복 등교가 허용되기 때문에 체육 수업이 들었건 안 들었건 날마다 체육복을 입고 등교했다.

"비싼 돈 주고 맞춘 교복인데 좀 입어라. 이러다 몇 번 입어 보지도 못하고 졸업하겠다."

엄마가 늘 줄이 빳빳하게 선 채 옷장에 걸려 있는 교복을 보며 투덜거렸다. 체육복 입고 학교 가는 꼴이 보기 싫어 그런 것인지, 교복값이 아까워서 그런 것인지 모르겠다. 하지만 그러거나 말거나다. 어차피 밤새워 일하고 종훈이 일어날 시간에야 집에 들어오는 엄마는 종훈이 학교 가는 시간에 집에 없거나 있어도 잠들어 있기 때문이다. 더구나 중학교 입학할 때 맞춘 교복은 이제 잘 맞지도 않는다.

'정 교복 입고 학교 가는 거 보고 싶으면 아침에 일찍 깨워 주든지.'

하지만 종훈도 그게 무리한 부탁이라는 거 안다. 밤새도록 장사하고 들어와서 종훈이 학교 가는 시간까지 계속 깨어 있기는 쉬운 일이 아니다. 원래 아빠 혼자 일했지만 가게가 점점 어려워지면서 종훈이 중학교 들어올 무렵 직원들 다 내보내고 엄마까지 나서게 되었다.

덕분에 종훈이 학교 갈 시간이면 새벽에 들어온 엄마, 아빠, 그리고 종훈까지 일가족이 모두 꿀잠에 빠져 있는 경우가 많았다. 그나마 그중 제일 먼저 잠자리에 든 것이 종훈이다. 부모님이 깨워 주는 걸 기대할 수 있는 상황이 아니다. 그렇다고 종훈이 시계 알람 맞춰 놓고 규칙적으로 일어나는 엄친아도 아니다.

그러니 날마다 늦잠 자느라 알뜰하게 교복 챙겨 입을 시간이 없다. 추울 때는 체육복, 더울 때는 생활복이면 충분하다. 문제는 지금 종훈이 입고 있는 옷이 교복은 물론 체육복도 아니라는 것이다.

'대머리독수리는 이 옷이 체육복도 생활복도 아니라는 거 알아차리는 데 1초 아니 0.1초도 안 걸릴 텐데.'

아니나 다를까 생활지도부장 입에서 가장 걱정하던 말이 흘러나온다.

"이종훈 학생."

"네에?"

"이리 오세요."

걸리고 말했다. 할 수 없이 종훈은 줄에서 나와 생활지도부장 앞으로 비적비적 걸어가 섰다.

생활지도부장이 종훈이를 위아래로 슬쩍 훑어보더니 겉보기엔 친절하고 다정한 목소리로 말한다.

"옷이 좀 이상하지 않아요?"

다정하게 말한다고 바로 인정할 수는 없는 일, 종훈은 일단 최선을 다해 변명해 본다. 변명 1단계.

"오늘 체육 들었어요."

그러나 통하지 않는다. 통할 거라 기대도 안 했다.

"체육 들은 날에는 지정된 체육복을 입고 등교하게 되어 있습니다. 아무 운동복이나 입고 오는 거 아닙니다."

그렇다면 변명 2단계.

"체육복 빨았어요."

이건 뭐 종훈이 스스로 생각해도 너무 허술한 변명이다. 그런데도 이렇게 변명을 늘어놓는 것은 속아 주길 기대한다기보다는 일종의 반사 작용일 뿐이다. 엄마가 부르면 일단 "내가 안 했어요."라고 대답하고 보는 개구쟁이 만화 캐릭터처럼. 무슨 심슨이었는데. 라트? 다트? 왓에버.

"어쨌든 규정 위반이니 벌점입니다. 이 옆으로 나와서 이름 적고

가세요."

혹시나 했지만 역시나 생활지도부장은 종훈이를 교문 안쪽 교훈석이 서 있는 작은 광장 비슷한 곳으로 보낸다.

할 수 없지 뭐. 까짓거 벌점 먹고 가자. 사실 그래 봐야 별일 아니다. 그냥 이름 적히고, 벌점 체크하고 가면 된다.

뭐가 엄청나게 잘못되거나 그럴 일은 없다. 복장 위반 벌점이라고 해 봐야 겨우 3점이고 매달 마지막 날 기준으로 누적된 벌점이 10점이 안 되면 새달 1일에는 0점으로 리셋 되니까 앞으로 조심하면 딱히 문제 될 것 없다.

이건 종훈이 1학년 때부터 살아 온 방식이다. 매달 벌점 8~9점으로 틀어막아 가며 아슬아슬하게 3학년까지 올라가기. 나름 벌점 관리 마스터인 셈이다.

그래도 벌점 기록부에 이름을 적히기 위해 줄까지, 그것도 사회적 거리두기 지켜 가며 줄까지 서는 것은 기분 나쁘다. 등교하는 학생들이 힐끗힐끗 쳐다보는 건 더 기분 나쁘다. 3학년쯤 되면 익숙해질 법도 하지만 절대 익숙해지지 않는다. 아니 점점 쪽팔린다.

불행 중 다행인 것은 담임 선생님한테 지각에 대해 늘어놓을 핑계가 생겼다.

"왜 늦었니?"

"복장 걸려서 벌점 적히다 늦었어요."

"아, 그러니?"

이러고 넘어갈 것이다. 담임 선생님은 복장 위반에 대해서는 대체로 아니 거의 너그러운 편이다. 다만 지각에 대해서는 까다롭다. 그러니 이렇게 하면 교환비가 얼추 맞는 셈이다.

이렇게 어이없는 방법으로 지각을 면하다니 이걸 운이 좋다고 해야 할지, 나쁘다고 해야 할지. 아니아니 원래 세상일은 다 어두운 면과 밝은 면이 있는 법이다.

문제는 어둡고 밝음이 한 번만 순환하는 게 아니라는 것이다. 모처럼 밝은 면을 찾았더니 이번에는 다시 반 바퀴 돌아 어두운 면이 급발진 한다.

벌점 줄이 끝나는 지점, 벌점기록부를 들고 냉랭한 목소리로 학생들의 학번과 이름을 물어보고 기록하는 학생의 모습이 보이는데 하필이면 유마리다. 이거 한마디로 옛날에 유행했던 밈이라는데, "망했어요."다.

그 생각을 미처 못 했다는 게 오히려 더 한심했다. 3학년 들어 유마리가 학교 우애부장이 되었으니 나와서 걸린 애들 이름 적는 건 당연하다.

잘못했다. 이럴 줄 알았으면 아예 한참 늦게 와서 우애부까지 다 철수하고, 학교 지키미도 철수하고, 조회도 끝나고, 1교시 직전 쉬는 시간에 슬금슬금 들어가는 편이 나을 뻔했다. 그럼 미인정 지각으로 기록되겠지만 어차피 지난 2년 동안 원격 수업 빼먹은 게 하도 많아 지각 하나 더 보태 봐야 더 깎일 내신 점수도 없다.

그런데 지각 한번 면해 보자고 아득바득 달려와 다른 사람도 아닌 마리 손으로 '이종훈 복장 위반 3점'이라고 적히는 신세가 되고 말았다니.

더 기가 막힌 것은 벌점을 기록하는 마리가 너무 예뻐 보인다는 것이다. 표정 변화가 별로 없는 도도한 얼굴. 맑고 반짝이는 눈동자. 그리고 살짝 곡선을 그리고 있는 앞짱구 진 이마.

종훈은 이런 상황에서도 이따위 생각이나 하는 자신이 너무 싫다. 닥터 스트레인지가 한 대 픽 쳐서 유체 이탈이라도 했으면 싶다. 유체 이탈한 상태에서 이따위 생각이나 하는 한심한 자신을 먼지가 하나도 안 날 때까지 두드려 패고 싶다.

더구나 마리와 나란히 서서 벌점 적힐 학생들을 줄 세우고 사회적 거리 유지시키는 녀석을 보니 차라리 그 자리에서 먼지가 되어 버리고 싶어진다.

그 녀석은 바로 이오종이다. 학생회장.

아니 학생회장이 왜 여기 나와 서 있는데? 이건 우애부장이 할 일 아닌가? 물론 우애부도 엄연히 학생회 산하 조직이니 학생회장이 나와 볼 수도 있는 일이지만, 그렇다고 이오종이 방송실이나 도서실에서 일 도와주는 것을 본 적이 없다. 방송부, 도서부는 학생회가 아닌가? 이건 학생회장이라서가 아니라 순전히 유마리랑 썸이라도 타 보려고 저러는 거다.

아니나 다를까 냉정하게 벌점 카드에 이름을 적던 마리가 이오종과 눈이 마주치기만 하면 활짝 웃는다. 마리는 자주 웃는 아이가 아니다. 그래서 더 기분 나쁘다.

이오종. 여러모로 재수 없는 엄친아.

일단 잘생겼다. 어쩔 수 없다. 인정할 건 인정해야지. 남자로서도 잠시 심쿵할 정도다. 마스크로 얼굴 반을 가려서 그렇게 보이는지는 모르겠지만, 적어도 눈에 보이는 부분은 그렇다. 같은 반인 적도 없고 별로 친하지도 않아서 마스크 안 쓴 진짜 얼굴이 어떤지는 아직 모른다. 하지만 느낌상 갑자기 깨거나 그럴 것 같지는 않다.

공부도 잘한다. 마리처럼 전교 1, 2등을 다투는 정도는 아니지만 그래도 자기 반에서 제일 잘한다는 소리는 늘 듣는다. 운동도 잘한다. 지난겨울 교내 배구대회에서 붕붕 뛰어올라 스파이크란 스파이크는 혼자 다 때리면서 자기 반에 우승 상금을 안겼다. 그림도 잘 그린다. 학생회에서 무슨 행사 같은 거 할 때마다 교내 곳곳에 붙는 포스터나 장식 중 절반이 저 녀석이 아이패드로 그려서 인쇄한 것들이다. 심지어 학교 밴드부에서 기타도 친다.

"야, 이 재수 없는 엄친아 새끼야."

이런 욕이 저절로 나온다.

하지만 실제로 이걸 실행에 옮긴 적은 없다. 그랬다간 오히려 종훈이 흠씬 두들겨 맞고 운동장에 나동그라질 가능성이 99.9퍼센트일 정도로 주먹도 센 녀석이니까.

정말 짜증 난다. 보기만 해도 토가 쏠린다. 어느 학교나 엄친아는 다 있는 건 알겠지만, 왜 하필 저 녀석이 마리랑 저러고 있어야 하나?

이런 생각을 아무리 해 봐야 소용없다. 어차피 종훈은 재수 없는 이오종이 보는 앞에서 마리한테 이름 적힐 순서나 기다리고 있는 찌질한 벌점충 한 마리일 뿐이다.

'젠장. 체육복만 멀쩡하면 아무 문제없는 건데. 어쩌다 이 지경이 되었지?'

쓰나미처럼 밀려오는 감정의 물결, 그것은 바로 후회다. 후회의 쓰나미가 시간을 쓸고 간다. 어제 오후를 향해.

2. 슬라디넬라의 마법사

어제 오후, PC방

폭탄 터지는 소리와 기관총 소리가 요란하게 울려 댄다. 다들 헤드셋을 쓰고 있지만 볼륨을 어찌나 크게 올려놓았는지, 그 두툼한 솜뭉치 사이로 흘러나오는 소리만으로도 어른들이 눈을 찡그릴 정도의 소음이 만들어진다.

날마다 코로나19 확진자가 수십만 명씩 발생하는 상황이지만 이제는 마스크 쓰는 것 외에는 별 신경도 안 쓰는 분위기다. 작년 이맘때만 해도 PC방이 문을 닫거나 문을 열어도 아이들이 찝찝해하며 잘 가지 않았지만 이제는 자리 잡기도 어려워, 예약하든가 대기 번호를 받아야 한다.

그래도 일단 자리를 잡으면 양옆 자리가 비어 있고, 칸막이에 플라스틱 칸막이까지 설치되어 분위기는 좋다. 특히 플라스틱 칸막이가 분위기 메이커다. 그 속에 들어가 있으면 마치 E 스포츠 경기장에 와 있는 것 같다.

그렇게 칸막이 안에 앉아 있는 학생들이 키보드와 마우스를 마구 휘두르며 가상 세계에서의 살상과 파괴에 몰두한다. 모니터마다 총, 미사일, 레이저, 칼, 도끼, 마법 공격이 난무한다.

그런 게임들에 비하면 종훈이 모니터에 흐르는 광경은 은은하고 여유롭다. 한 여성이 천천히 걸어가고 있다. 반투명한 실크 혹은 리넨으로 보이는 가운과 로브를 걸치고 1미터쯤 되는 봉을 들고 있는 날씬한 몸매의 여성이다. 하긴 게임에 나오는 여성은 특별히 오거나 드위프 같은 종족이 아닌 이상 누구나 다 날씬하다.

이 날씬한 여성이 로브 자락을 흩날리며 걸어가는 주변에는 빨강, 파랑, 노랑, 보라, 그리고 초현실적인 온갖 색깔의 꽃들이 펼쳐져 있다. 산들바람이 부는지 꽃들이 가끔 살랑살랑 춤을 춘다.

종훈이 마우스를 비틀어 화면을 180도 돌리자 그 여성의 뒷모습이 앞모습으로 바뀐다. 자주색 두건을 살짝 뒤집어쓰고 있지만 그 아래로 살짝 웃는 것 같기도 하고 다르게 보면 비웃는 것 같기도 한 독특한 표정의 아름다운 얼굴이 절반쯤 드러나 있다. 갸름한 턱, 커다란 눈, 그리고 살짝 드러난 뾰족한 귀. 누가 봐도 인간이 아니라 엘프라는 것을 알 수 있다.

경치와 여자만 예쁜 것이 아니라 흘러나오는 음악도 감미롭고 편안하다. 여자가 움직일 때마다 사각사각하고 들리는 옷자락 스치는 음향 효과도 상쾌하다.

종훈은 눈을 가늘게 뜨고 그렇게 모니터에 펼쳐진 풍경을 느긋하게 감상한다. 게임하는 시간보다 캐릭터 감상하는 시간이 더 많아 보인다.

시커먼 그림자 두 개가 모니터 가장자리에서 튀어나온다. 비죽 튀어나온 어금니와 울퉁불퉁한 광대뼈를 가진, 키가 엘프 여성 두 배는 될 것 같은 사람, 아니 괴물이다.

"흥, 오크 놈들."

종훈이 비웃으며 마우스를 몇 번 클릭한다. 엘프 여성이 봉을 높이 치켜 올린다. 봉 둘레의 공기가 부르르 떨리는가 싶더니 봉을 중심으로 밝은 빛이 회오리 모양으로 퍼져나가며 모니터의 절반 정도를 휩쓸어 버린다. 괴물들이 한순간에 돌처럼 굳어 버리나 싶더니 먼지가 되어 흩어진다.

경험치 20만을 획득하였습니다. 레벨이 올랐습니다.

메시지가 번쩍이며 화면을 가득 채우더니 화려한 팡파르 소리가 헤드셋을 뒤흔든다.

"아싸뵤!"

종훈이 정체불명의 감탄사를 내지르며 팔을 높이 치켜올린다.

"뭔데? 로또라도 맞았어?"

옆 칸, 아니 옆의 옆 칸에서 강윤이 슬그머니 고개를 빼 든다.

강윤의 눈빛을 보니 아주 맛이 갔다. 피로가 느껴지는 눈빛, 어른들이 흔히 썩은 동태눈깔이라고 부르는 그런 눈빛이다. 하지만 종훈은 동태 눈알은커녕 동태도 제대로 본 적이 없다. 말린 명태 아니면, 작년 봄에 갑자기 유명해진 생태 정도 먹어 보았을 뿐이다. 하물며 썩은 동태는 더더욱 본 적도 없다.

"무식한 새끼. 청소년은 로또 못 하거든?"

종훈이 헤드셋을 던지듯 벗으며 쏘아붙인다.

"그럼 뭔데?"

강윤의 눈빛이 동태에서 생태로 바뀐다.

"렙업 했다고. 이제 열 번 만 더 하면 만렙이다."

"뭐, 그거야? 난 또 뭐라고."

강윤이 도로 눈빛을 동태로 바꾸더니 칸막이 안으로 쓱 들어가 버린다.

"어쭈, 이 새끼가? 야, 김강윤!"

자랑질이 허리에서 끊긴 종훈은 밥 먹다 만 것, 아니 똥 누다 만 것 같이 기분이 고약하다.

"나와 이 새꺄."

자랑질 마무리를 위해 강윤을 불러 보지만 아무 반응이 없다.

'어쭈, 이 새끼가 날 씹어?'

하던 게임을 멈추고 자리에서 일어나 물의 호흡 제1형이라도 시전할 기세로 노려보지만, 이미 헤드셋 깊게 쓰고 게임에 몰두하는 강윤이 반응할 확률은 종훈의 수학 점수보다 훨씬 낮다.

기왕 헤드셋 벗은 김에 좀 쉬어 보기로 한다. 게임을 정지 모드로 바꾸고 자리를 벗어나 강윤의 등 뒤에 가 선다.

강윤은 컴퓨터와 한 몸이 되어 화면을 노려보며 키보드를 누르고 마우스를 굴리는데, 손가락이 거의 보이지 않는다. 타자를 저속도로 쳤다면 꽉 찬 A4 한 페이지도 10분 만에 다 채워 버렸을 것이다.

"키보드 이렇게 빨리 치는 새끼가 수행 평가 과제는 왜 그따위로 하냐?"

어차피 헤드셋 때문에 강윤이 못 듣는 것을 알기 때문에 종훈은 마음 놓고 뒷담 아니 앞담을 친다.

앞담 치다 말고 강윤이 하는 게임을 슬쩍 보니, 재미있다.

강윤이 하는 게임이 재미있다면 정말 큰 사건이다. 강윤의 게임을 보는 건 재미없기로 유명하다. 강윤은 전국구, 아니 세계적인 고수기 때문이다. 스타크래프트, 카운터 스트라이크, 스페셜 포스 같은 옛날 게임부터 서든 어택, 오버워치, 배틀 그라운드, LOL까지 못 하는 게임이 없고, 대부분 '게임 시작했다. 게임 끝났다.' 수준으로 빨리 끝나 버린다. 전투가 아니라 그냥 양민학살로 보일 정도다. 축구로 치면 레알 마드리드, 첼시, 바이에른 같은 팀이 동네 조기축구회와 경기하는 격. 그래서 강윤의 별명도 어느새 양학범(양민학살범)이 되었다. 강윤도 그 별명이 싫지 않은지 스스로 게임 계정 아이디를 yanghak이라고 붙였다.

얼마 전에는 담임 선생님이 서든 어택으로 이 양학범에게 도전하기도 했다. 담임 선생님이 학생에게 게임으로 도전하다니 정말 믿기지 않는 일이지만, 종훈과 강윤의 학급 담임을 맡은 조영완 선생님이라면 얼마든지 가능한 일이다. 조영완 선생님은 아이들은 물론 본인도 그냥 '와니 쌤'이라고 부르는 성격 쿨하고 얼굴도 예쁜 30대 초반의 여자 선생님이다.

젊은 여자 선생님이 코로나 시국에 남학생과 PC방에 와서 게임하는 장면을 연출했다면 아마 뉴스에 나오고 악플이 잔뜩 붙었겠지만, 걱정할 필요는 없다. 와니 쌤은 방역 수칙을 지킨다면서 집에서 온라인으로 접속했다. 또 학급 회장이 이 장면을 트위치로 스트리밍 했는데, 전교에 소문이 퍼져 동시 접속자가 200명(3학년 전체가 150명이다.)이 넘을 정도로 관심이 집중된 경기였다.

일단 두 선수는 경기에 앞서 채팅으로 신경전을 주고받았다.

[yanghak] 쌤, 진짜 할 수 있어요?
[와니쌤] 왜 그려서? 나도 MZ세대임.
[yanghak] 에이, 쌤이 MZ세대라는 건 좀 에바. 근데 쌤, 슈팅 겜 해
보셨어요?
[와니쌤] 니들 태어나기도 전부터 했음. 둠, 울펜슈타인, 레인보우 식스,
하프라이프, 카운터 스트라이크, 스페셜 포스, 서든 어택 두루
두루 섭렵하신 몸임. 내가 바로 1인칭 슈팅 게임의 살아 있는
역사라고나 할까.

[yanghak] 헐 완전 고전 겜도 하셨네. 그런데 쌤. 내가 이기면 뭐 주실 거예요?

[와니쌤] 지각 5분 봐줄게. 한 판 이길 때마다 하루씩. 모두 다섯 판 해서 네가 다 이기면 다음 주는 매일 5분씩 지각 봐줌. 대신 내가 한 판이라도 이기면 내일부터 절대 지각 안 하기.

[yanghak] 에이, 이거 완전 불공정 거래.

[와니쌤] 시끄러. 벌 점 안 주고 이렇게 딜이라도 붙어 주는 거 고맙게 생각하셔.

이런 식의 이야기가 오갔다.

하지만 막상 게임이 시작되자 아뿔싸. MZ세대임을 자부한 와니 쌤이 다섯 판을 스트레이트로 다 지고 말았다. 더구나 강윤이 그 다섯 판을 이기는 데 사용한 총알이 딱 열 발. 그리고 이 다섯 판이 끝날 때까지 걸린 시간이 겨우 10분. 그러니까 시작하자마자 원 샷 원 킬만 다섯 번 반복한 것이다.

허무하게 깨진 와니 쌤보다 관전한 종훈이 더 황당했다. 방금 내가 뭘 본 거지? 게임을 하긴 한 건가? 이런 기분이었다. 와니 쌤이 결코 게임을 못 하는 게 아니었다. 그것은 관전하던 학생들이 이때다 하고 도전했다 전부 가볍게 발려 버린 것으로 증명되었다. 종훈도 도전했는데 시작하고 5분 만에 헤드샷 맞고 아웃 되었다. 이럴수가! 와니 쌤은 정말 게임 고수였다. 그러니 와니 쌤이 못 한 게 아니다. 그냥 강윤이 고수다.

"미친놈. 공부를 그렇게 좀 해 보지."

이런 말이 절로 나왔다.

이런 식이니 이제는 아무도 강윤이 게임하는 거 구경 안 한다. 김강윤 이름 석 자가 이미 엄청난 스포일러인데 그걸 무슨 재미로 볼까?

그런데 이번에는 다르다. 모니터 안에서 정말로 흥미진진하고 숨을 멎게 만드는 전투가 벌어지고 있다. 누가 이길지 도저히 예측할 수 없다.

강윤의 이름이 전혀 스포일러가 못 되고 있다. 종훈이 강윤과 알고 지낸 지난 2년을 통틀어 처음 보는 장면이다. 아무래도 강윤이 상대를 제대로 만난 모양이다. 그야말로 최고 고수들 간의 대결. 이런 재미있는 경기 절대 못 참지.

종훈은 잠시 자기 자리로 가서 일시 정지되어 있던 게임을 실행하여 캐릭터를 아예 자기 소유의 성채로 들여보내 휴식시킨 뒤 본격적으로 강윤의 경기를 관전한다.

성채란 종훈이 하는 게임인 슬라디넬라에서 레벨 높은 플레이어만 살 수 있는 일종의 본부다. 이 게임은 다섯 명의 플레이어가 하나의 파티를 구성하는데, 성채를 보유하면 파티 열 개가 연합한 길드를 구성할 수 있다. 성채 주인에게 함부로 대들면 50대 5로 호되게 당한다. 그러니 성채를 가졌다는 것은 제후급 권력자란 뜻이다.

하지만 성채의 진정한 힘은 치유 기능이다. 아무리 심각한 데미지를 입은 캐릭터라도 성채에서 시간을 보내면 치유가 진행된다. 치유는 캐릭터에만 적용되는 것이 아니라 아이템에도 적용된다. 캐릭터는 치유되고 아이템은 수리된다. 길드 구성원 중에 성직자가 있으면 치유 효과가 더 빨라지고, 드워프가 있으면 아이템 수리 효과가 빨라진다.

길드 구성원이라고 50명이 떼로 몰려다니지는 않는다. 여느 플레이어와 마찬가지로 다섯 명씩 파티 단위 모험을 다닌다. 하지만 언제든 성채에 들어와 무료로 치유와 아이템 수리 서비스를 받을 수 있어서 길드 구성원은 일반 플레이어보다 압도적으로 유리하다. 또 길드 구성원이 되면 성채로 워프할 수 있는 와드를 받아 위급한 상황에서 순간이동으로 성채로 탈출할 수 있다.

이렇게 많은 특혜를 누리다 보니 플레이어들은 유력한 길드에 들어가려고 갖은 애를 쓰고, 길드 구성원을 받아들이고 내보내는 권한이 성채 소유자에게 있으므로 성채가 권력의 원천이 된다. 성주가 실제로 동원할 수 있는 플레이어는 길드원인 50명을 훨씬 넘는다. 빈자리가 나면 길드에 넣어 달라고 굽신거리는 대기자가 한 무더기씩 따라다니기 때문이다. 더구나 성주가 아름다운 여성 엘프라면 수백 명의 추종자를 거느릴 수도 있다.

돈도 벌 수 있다. 일반 플레이어에게 유료로 치유와 아이템 수리 서비스를 제공할 수 있고, 치유 물약, 마법 스크롤, 아이템 등을 판

매할 수도 있다. 종훈이 조종하는 여성 엘프 마법사가 이끄는 길드는 인기가 너무 많아 대기 멤버만도 수백 명이 넘었다. 이 수백 명의 대기자는 길드에 가입은 못 하더라도 늘 이 여성 엘프 마법사의 성채를 아지트 삼아 모였고, 모일 때마다 골드를 내고 치유나 수리 서비스를 받고 아이템을 샀다. 덕분에 종훈은 막대한 골드를 모을 수 있고, 이렇게 모인 골드를 다른 플레이어에게 판매하여 용돈을 챙겼다. 게임사를 통해 골드를 충전하려면 200만 골드당 1만 원을 내야 하지만, 종훈은 그걸 단돈 7,000원만 받고 내주었기 때문에 많은 플레이어가 게임사 대신 종훈에게 돈을 보내고 골드를 받아 갔다.

성채 가격은 무려 2억 골드. 즉 100만 원이다. 당연히 종훈에겐 그런 돈이 없었고 엄마 카드를 몰래 이용하여 현질했다. 들켜서 엄청나게 야단을 맞았지만 석 달 만에 현금 100만 원을 고스란히 회수하여 엄마 코앞에 들이밀어 깜짝 놀라게 했다. 그때 엄마 표정을 지금도 잊을 수 없다.

그런 종훈이 플레이를 멈추고 애지중지하는 캐릭터를 이 황금알을 낳는 성채에 들어가 휴식시킨 것은 그만큼 강윤이 현재 하는 게임이 재미있어 보인다는 반증이다. 일종의 생업을 멈추고 구경할 정도니 말이다.

강윤이 모니터에서는 지금 미 해병대인지 네이비 실인지 모르겠지만 시커먼 제복을 입은 군인이 손에 보기만 해도 이두박근이 곤

두서는 샷건을 들고 펄쩍펄쩍 뛰어가고 있다. 그 군인이 지나가기가 무섭게 바로 그 자리에 라이플 총탄이 꽂히거나 수류탄 파편이 튄다. 우연이 아니다. 강윤이 정확하게 피한 것이다. 어떻게 그렇게 타이밍을 맞춰 피할 수 있는지 너무 신기하다. 웬만한 액션 영화보다 훨씬 재밌다.

그런데 갑자기 강윤의 모니터가 흔들린다. 아니 모니터는 그냥 있고 화면이 부르르 떨리는 거다. 그리고 이내 화면이 온통 빨간색으로 물들어 버린다.

"어 뭐야 이거?"

"아, 이런 쉣!"

종훈이와 강윤이가 동시에 소리를 내뱉었다. 모니터에서는 아까 그 날쌔고 용감한 군인이 두 손을 머리 위로 들고 앞으로 푹 쓰러지고 있다. 장렬하다기 보다는 처참한 죽음이다.

"어, 너 죽은 거야?"

"이런 썩을~~~!"

강윤의 입에서 차마 귀담아듣기 곤란한 거친 욕설이 튀어나온다. 이 욕설도 듣기 거북한데, 오히려 욕은 다만 시작에 불과했다. 욕설이 끝나기가 무섭게 강윤은 주먹으로 테이블을 쾅쾅 두드려 대더니 의자 등받이에 몸을 집어 던지다시피 하고 앞뒤로 마구 흔들어 댔다.

종훈은 저 자세가 뭔지 안다. 뭔가 억울한 일이 생기면 강윤이 자주 취하는 동작이다. 눈치 없는 강윤은 조금이라도 억울하다는 느낌이 들면 저 요란한 몸짓을 때와 장소를 가리지 않고 마구 하며 떼를 썼다. 게다가 그 짓을 집이나 친구들 사이에서만 하는 게 아니라 선생님들 앞에서도 했다. 가령 선생님한테 뭔가 지적당하면 그냥 "죄송합니다." 하고 고개 한번 꾸벅하는 대신 꼭 "아, 왜요? 왜 나만 갖고 그래요?" 이러면서 몸을 앞뒤로 막 흔들어 댔다.

물론 이 동작이 강윤의 억울함을 풀어 준 경우는 거의 없었다. 오히려 그렇게 하면 할수록 억울할 일만 늘어났다. 훈계나 잠깐 듣고 벌점이나 조금 받아먹으면 끝날 일을 저 동작을 하다 "너, 이번 시간 끝나고 교무실로 따라와." 수준으로 키우기 일쑤였고, "교무실로 따라와." 수준의 일은 몸을 흔들어 댈 때마다 "내일 부모님 오시라고 해." 수준으로 엄청나게 키우곤 했으니 말이다.

그렇다고 종훈이 그런 강윤에게 동정심 따위를 느꼈냐 하면 그건 아니다. 사내아이들 세상은 그렇게 돌아가지 않는다. 오히려 종훈과 친구들은 "매를 벌어요, 매를 벌어." 그러면서 놀리기 바빴다.

하지만 이번만큼은 종훈도 강윤의 억울함에 공감이 간다. 그동안 강윤이 무적을 자랑했던 '어택 파이어' 게임 연승 기록이 무참하게 깨진 것이다. 얼마나 많이 이겼는지 몇 연승인지도 모를 지경이다. 종훈은 강윤이 이 게임을 해서 지는 걸 한 번도 못 봤다. 하지만 역시 공감하는 마음과 동시에 '아이고, 고소해.' 하는 마음도 일어났다. 물론 강윤에게는 비밀이다.

일단 나름대로 위로의 말을 던진다.

"안됐다. 50연승 깨졌네."

"60연승이거든."

하지만 전혀 위로되지 않았는지 강윤은 잔뜩 불어 터진 눈을 하고 퉁명스럽게 말한다.

"그래, 너 참 잘났다."

역시 공감보다는 고소한 쪽이 답이다. 이건 순전히 강윤의 탓이다.

'50연승인지 60연승인지가 뭐 그렇게 중요해? 뭐 하는 짓이래? 기껏 위로해 줬더니 사람 무안하게 만들기나 하고.'

방금 던진 말이 위로로 한 말인지 고소함을 억지로 감춘 말인지 솔직히 종훈도 확신할 수 없다. 하지만 일단 겉으로는 위로로 한 말이었으니 위로했다고 생각하기로 한다. 따라서 저따위로 반응하는 강윤이 싹수없는 거다.

"야, 니들 거기서 뭐 하는 거야? 의자 가만 안 둬?"

이때 PC방 사장이 찌릿찌릿한 눈초리와 함께 한마디 던진다. 그러자 의자를 흔들어 대던 강윤의 몸짓이 마치 스턴 마법이라도 걸린 것처럼 그자리에서 딱 멈췄다.

신기한 일이다. 만약 학교에서 선생님이 그랬다면 "아, 내가 뭘요? 왜 나한테만 그래요?" 이랬을 강윤이 이상하게 PC방 형, 얼굴이 길어서 '주걱 형'이라는 별칭으로 부르는 (물론 당사자는 모른다)

형한테는 꼼짝 못 한다. 왜 그럴까?

어쨌든 강윤이 주걱 형 눈총에 못 이긴 듯 자리에서 일어섰다. 이제 그만 할 모양이다. 하긴 피곤하기도 하겠지. 만만치 않은 상대를 만나 30분이나 걸리는 격전을 벌였을 테니 머리도 아프고, 목도 결리고, 어깨도 쑤시겠지. 한심한 녀석 같으니라고. 그 정성으로 공부하지.

자리에서 일어난 강윤이 자기 목을 주무르고 어깨를 탁탁 두드리며 투덜댄다.

"아 놔, 웬 뉴질랜드 새끼한테 깨졌어."

"뉴질랜드? 나라 망신 오지네?"

"됐거든? 그동안 영국 놈, 미국 놈, 중국 놈, 일본 놈 내가 다 이겼거든? 국뽕 세웠다고."

"그래 네 똥 굵다."

"관둬라, 더러운 새끼."

강윤이 가방을 둘러멘다.

"잘 가."

간단히 한마디 던진 종훈은 다시 자리로 돌아가 성채로 들어가 게임을 재개한다.

"너 또 하려고?"

"좀만 더 하고."

"작작 좀 해라. 학원 갈 시간이야."

"음. 음? 알았어. 먼저 가."

종훈이 건성으로 대답했다.

"닥치고 가자니까."

"아냐, 쫌만 기다려. 득템 하잖아?"

"에이, 찌질한 새끼. 그 겜 득템이니 렙업이니 하여간 5분마다 뭐한 번씩 터지잖아? 지금은 득템, 쫌 있으면 렙업, 또 득템, 렙업, 그러나 밤샌다? 하긴 청소년 제한 시간 있으니 밤은 못 새우겠군."

하지만 종훈은 대꾸하기도 귀찮다는 듯이 마우스만 딸깍딸깍 누른다.

강윤도 별수 없다는 듯이 종훈의 모니터를 물끄러미 바라본다. 삐뚜름한 자세가 마치 몸으로 온갖 말을 다 하는 것 같다. 당연히 그 말은 온통 불만투성이일 것이고.

종훈의 모니터에서는 지금 일본 애니메이션처럼 예쁘게 꾸며진 캐릭터들이 여기저기서 아이템들을 줍고 다니느라 분주하다. 캐릭터들은 아이템을 얻을 때마다 무릎을 안으로 모으고 발끝은 밖으로 벌리는 자세로 깡충깡충 뛰었고, 방울 굴러가는 것 같은 음악 소리와 함께 무지갯빛이 화면 가득히 꽃처럼 피어올랐다.

명색이 던전 앤 드래곤 기반의 롤플레잉 게임이기 때문에 이런 저런 괴물들이 튀어나와 전투가 벌어지기도 하지만 덩치가 산더미 같은 오거나 트롤이 가냘픈 캐릭터의 칼질 몇 번에 허무하게 쓰러지고, 고블린 같은 것들은 파이어 볼 마법 한 방에 열댓 마리씩 몰

살당하고, 이래저래 아이템과 돈만 보태 주었다.

한마디로 긴장감이나 박진감은 1도 찾기 어렵고, 도리어 게임하다 곯아떨어질까 걱정될 정도다. 강윤의 눈에는 도대체 이런 걸 게임으로 불러도 되나 싶은 정도로 한심한 게임이다.

"야, 너 이딴 게 재미있냐?"

마침내 강윤이 참지 못하고 한마디 던진다.

"아니."

종훈이 단박에 인정해 버리니 한바탕 갈굴 생각을 하던 강윤은 그만 김이 빠진다. 그래도 일단 끝까지 갈궈 보기로 한다.

"그런데 왜 해?"

"몰라."

이번에도 아주 쿨한 대답.

"재미도 없고, 왜 하는지도 몰라? 시간 낭비 오지네. 아, 쫌, 가자고."

"쫌만 더 한다고. 레벨 올라간다고."

"아깐 득템이라더니 이젠 렙업?"

"득템 했으니까 렙업도 해야지."

"이런 핵노잼 겜에서 렙업 자꾸 해서 뭐 하는데? 뭔 겜이 레벨 숫자만 지리네. 레벨 1000이 뭐냐?"

하지만 종훈은 아까 강윤한테 말 씹힌 것을 복수라도 하듯이 들은 척도 안 하고 마우스만 딸깍거린다. 마우스를 움직일 때마다 종훈이 조종하는 엘프 여성이 예쁜 자태를 뽐내면서 우아한 걸음으로 숲이며 동굴 등을 드나들며 그리 위험하지도 긴장되지도 않는 모험을 계속한다.

위험하지도 긴장되지도 않는 모험이라니? 이게 말이 되나 싶지만. 어쨌든 그 형용모순의 모험을 긴장감 없이 할 때마다 아이템도 늘어나고 경험치도 올라간다.

"너 지금 이거 진짜 겜하는 거 맞아? 아까 했던 거 복사해다 붙인 거 아니야? 계속 똑같은 데서 똑같은 짓 하고 있잖아? 야, 이게 겜이냐? 그냥 클릭 노가다지!"

맘대로 지껄이라지. 어차피 강윤의 소리 따위 들리지도 않는다. 아니 들려도 무시한다. 클릭 노가다라고 부르고 싶으면 얼마든지 그러라지 뭐.

클릭을 계속하다 보니 어느새 10여 분이 또 지나가고, 예쁜 벨소리가 들리고 "레벨이 올랐습니다. 새로운 능력치를 적용해 주세요."라는 귀여운 목소리가 들린다.

종훈이 새로 획득한 능력치 100을 지능, 체력, 민첩성, 매력, 지혜에 적당히 분배하기 위해 캐릭터 창을 열자 긴 머리를 찰랑거리는 아름다운 여성 엘프 캐릭터가 모니터를 가득 채우며 깜찍한 포즈를 잡고 나타난다.

지혜에 30, 지능에 20, 그리고 매력에 나머지 50을 모두 쏟아부은 뒤 레벨 업 배너를 클릭했다.

"야, 이 변태 새끼야."

갑자기 강윤이 종훈의 뒤통수를 후려갈긴다. 종훈의 눈앞이 번개 마법이라도 걸린 것처럼 번쩍한다.

"뭔 짓이야? 쳐 돌았나?"

종훈이 헤드셋을 벗어 던지고 일어섰다.

"변태 짓 하니까 그러지."

"너 뒤진다? 내가 왜 변탠데?"

"너, 캐릭터. 이거. 왜 여캐 쓰냐?"

"남이사 남캐 쓰건 여캐 쓰건 겜인데 뭔 상관이야?"

"하여간 꼭 이런 새끼 있다니까. 여자인 척하면서 호구들한테 아이템 받아먹고, 캐시 털어 가고. 채팅도 닭살 돋게 '오빠, 호옹~' 이따위로 하면서. 소름 끼친다 새끼야."

"닥쳐, 그런 거 아니야."

종훈이 다시 털퍼덕 소리를 요란하게 내며 의자에 앉았다.

그리고 다시 클릭 노가다. 강윤의 존재 자체도 의식하지 않는 모습이다.

종훈의 여자 캐릭터가 다시 아까와 비슷한 모험을 반복하며 손쉽게 괴물들을 해치우고는 아이템과 경험치를 획득하는 일을 반복한다.

강윤의 말이 아주 틀린 것은 아니다. 종훈 스스로 생각해도 이건 재미있는 게임이 아니다. 아니 게임 같지도 않은 게임이다.

"레벨이 올랐습니다."

하지만 10분도 안 되어 이 귀여운 목소리가 다시 들리면서 종훈이 머릿속의 불만과 의심은 한 조각도 남지 않고 증발해 버렸다.

레벨이 올랐으니 다시 스탯 분배해야지.

캐릭터 창을 다시 열자 아까보다 한결 성숙한 몸매로 바뀐, 그러나 얼굴은 여전히 귀여운 소녀 모습을 한 여성 엘프 마법사가 방실방실 웃으며 나타난다.

"야! 너 이게 뭔 짓이야?"

갑자기 강윤이 자지러지는 소리를 낸다.

"뭐?"

"캐릭터 이름."

"이름이 뭐?"

"이름이 마법사 유마리잖아? 너 혹시? 이거 유마리 계정……."

"해킹 안 했거든."

"그럼 이거 진짜 네 계정이라고?"

"그래."

"그런데 캐릭터 이름이 유마리라고?"

"왜? 그러면 안 돼? 그럼 여캐에다 이종훈이라고 이름 붙이냐? 그게 더 이상하겠다."

"여캐면 마리, 나탈리, 그라니아, 제나 등등 하여간 이런 거 붙일 거 많잖아? 그런데 하필 웬 유마리?"

44

"안 될 게 뭐야?"

"니들 깨졌잖아?"

"깨져? 누가?"

"너랑 유마리."

"누구 맘대로?"

"걔 맘."

"아니야."

"유마리 지금 이오종이랑 사귀는 거 몰라?"

"몰라."

"전교생이 다 아는데?"

"웃기지 마. 학생회 일 같이 하느라 자주 만나는 것뿐이야. 그거 아니면 같이 다닐 일 없어."

"찌질한 새끼. 정신 승리 오지네. 관둬, 할말하않이다."

"쫄리면 뒈지시던가. 꺼져 새꺄. 학원 간다며? 근데 이 코로나 시국에 뭔 학원이냐? 그냥 확진이나 돼 버려라."

"그럼 뭐 겁나냐? 어차피 코로나 안 걸린 애가 반이나 되나? 겁 안 남. 그냥 일주일 봄방학이지 뭐. 그런데 코로나 시국에 PC방은 되고?"

"거리두기도 하고 칸막이 있잖아? 다들 마스크 쓰고 아가리 묵 념하고 겜만 하고 있고. 학원에서 코로나 퍼졌단 뉴스는 들었어도 솔까 PC방에서 퍼졌다는 뉴스는 못 들었다. 꺼져 새끼야. 안 가고 뭐 해?"

"지금 니 기다리고 있는 거 안 보임? 득템만 하면 간다, 레벨 올라가면 간다, 아 봐, 레벨 또 올라갔네. 이제 좀 가자, 새꺄. 쫌."

"니나 가라, 학원. 너희 부모님께서 너……."

"관둬 새끼야. 어따 대고 패드립을 치려고? 에이, 난 간다."

강윤이가 골난 모습으로 가방을 단단하게 둘러멨다.

종훈은 아무 관심 없는 척하며 의자에 반쯤 드러눕다시피 한 뒤 비스듬한 자세, 허리 건강에 나쁘다고 하는 바로 그자세로 마우스를 까딱까딱 누른다.

"거기, 학생 칸막이 밖으로 나와. 방역 수칙 안 보여? 칸막이 안에서는 한 사람만 이용합니다. 이렇게 궁서체로 붙여 놨는데?"

주걱 형이 새삼스럽게 버럭 한다.

"네, 네, 거리두기. 지금 가요."

마침내 강윤이 등을 돌렸다. 강윤의 배낭에 매달린 펭수가 이리저리 고개를 흔들면서 종훈을 바라보며 점점 멀어진다.

어떻게 보면 우는 것 같고, 또 어떻게 보면 메롱 그러는 것 같다. 따져 보면 별로 오래 전 일도 아닌데 벌써 "야, 언제 적 펭수냐?" 이런 말이 튀어나온다.

코로나 때문인가? 2년밖에 안 지났는데 한 10년은 지난 것 같고, 뽀로로도 펭수도 아주 먼 옛날 캐릭터 같다.

펭수가 사라지고 난 다음에도 종훈은 계속 반쯤 드러누운 자세

그대로 게임을 계속한다. 잠깐 사이에 레벨을 두 개나 더 올려서 어느새 992레벨이다. 최고 레벨까지 여덟 단계 남았다.

캐릭터 창을 다시 열었다. 레벨이 올라갈 때마다 캐릭터에 매력 수치를 더할 수 있어서 이제는 상당히 요염해진 마법사 유마리 캐릭터가 사람을 끌어들이는 눈빛을 하고 종훈을 비스듬하게 보고 있다.

'아, 캐릭터 말고 진짜 유마리가 보고 싶다. 마스크 안에 있는 진짜 얼굴을.'

3. 마법사 유마리가 된 사정

3학년 들어 마리 얼굴을 한 번도 못 봤다. 학교에서 오다가다 마주쳐도 늘 마스크를 쓰고 있었기 때문에 봤다고 말할 수 없다.

　작년까지만 해도 종훈은 마리와 마스크 안 쓴 얼굴 보며 만나는 사이였다. 수업 끝나면 패스트푸드점이나 카페에 같이 가서 마스크 없이 얼굴 보며 놀았다.

　보통 여자아이들은 마스크를 벗으면 코나 입, 혹은 턱선이 생각했던 것과 달라 느낌이 확 깨는데 마리는 달랐다. 오히려 마스크를 벗으면 생각보다 훨씬 예쁜 코, 입, 그리고 얼굴 윤곽이 드러나 깜짝 놀라게 만든다. 아마 종훈이 눈에 안경이겠지만.

　종훈은 학교에서 마리의 마스크 안 쓴 얼굴을 제일 많이 본 남학생이다. 사실 마리 말고는 마스크 안 쓴 얼굴을 보며 만나는 친구도 딱히 없다. 둘은 초등학교 6학년 때부터 중학교 2학년까지 3년 연속 같은 반이고, 6학년 끝날 무렵부터 서로 사귀었다. 학교 밖에서 손 잡고 다녔고, 영화도 보러 다녔다. 영화가 시작되면 마리가 어깨에 뺨을 얹곤 했는데, 그때마다 우유 냄새 같기도 하고 크

림 냄새 같기도 한 냄새가 났다. 정말 좋았다.

아니 그런 좋은 느낌에 냄새라고 하는 평범한 말은 어울리지 않는다. 더구나 애들 사이에서 냄새는 때로 욕으로 쓰이지 않는가? "어휴 냄새나." 이러면서. 마리한테 나는 것은 냄새가 아니라 향기다. 냄새는 강윤, 아니 오종의 신발 같은 데서 나는 게 냄새고.

마법사 유마리 캐릭터는 둘 사이가 한창 좋을 때 만들었다. 자기도 같이 할 수 있는 게임 찾아 달라는 마리 요청으로 전투보다 아이템과 대화 위주로 진행되어 비교적 여자에게도 인기가 많은 게임인 슬라디넬라를 골랐다.

강윤의 말마따나 게임보다는 차라리 클릭 노가다에 가까워 종훈에게는 심심하고 지루했지만 마리와 함께 게임을 한다는 것만으로도 좋았다. 마리는 마법사 캐릭터를 만들었고, 종훈은 기사 캐릭터를 만들었다. 캐릭터 이름은 각자 이름을 쓰기로 했다.

"우리 캐릭터 바꿔서 하자."

2학년 올라갈 때, 마리가 불쑥 이런 말을 던졌다.

어이없는 발상이다. 게임하는 애들에게 캐릭터는 자기 분신, 아바타다. 캐릭터를 바꾸자는 말은 몸을 바꾸자는 말이나 다름없다. 캐릭터에 들인 공이 얼마며, 쌓아 놓은 골드며, 아이템이며, 경험치며, 이야기가 얼만데?

하지만 종훈은 거절하지 못했다. 마리 눈망울이 그날따라 유난히 반짝였기 때문이다. 그래도 느닷없이 게임 캐릭터를 바꾸자는 말은 이상했다. 거절은 못 해도 이유는 알아야 할 것 같았다.

"왜?"

"재미있잖아?"

"뭐가 재미있는데?"

"네가 나 키워 주고, 내가 너 키워 주고 그런 느낌? 또 그렇게 서로 지켜 주고, 그럼 재미있잖아?"

"그래도 쪽팔리게 내가 어떻게 여캐로 게임하냐? 누가 보면 변태 같게."

"내 이름 쓰는 게 쪽팔려?"

"아니, 그런 건 아니고."

"그런 거 같은데?"

마리 얼굴이 금방 시무룩한 색깔로 젖어 들었다. 종훈은 마리가 성내거나 시무룩해하는 건 정말 싫었기 때문에 결국 게임 계정을 서로 바꾸었다. 그렇게 서로 캐릭터를 바꾸자 마리 요구가 하나 추가되었다.

"이제 비밀번호 바꾼다."

"뭐? 왜?"

"캐릭터 바꿨으니 미련 완전히 끊게. 이제부터 내가 책임질 거니까. 너도 바꿔."

"그게, 그래도……."

"싫어?"

"아니, 괜찮아."

사실은 괜찮지 않은 정도가 아니라 엄청 억울했다.

종훈이 넘겨준 캐릭터는 그동안 부지런히 레벨도 올리고 아이템도 모으고 골드도 엄청 많이 모아 놓은 중간 수준 레벨의 캐릭터지만, 마리가 넘겨준 캐릭터는 쪼렙 중의 쪼렙에 아이템이고 골드고 거의 없는 그야말로 깡통 캐릭터였기 때문이다.

그렇게 공들여 키운 캐릭터 홀랑 넘겨주고 깡통 쪼렙 캐릭터 받은 것도 억울한데, 정성들여 키운 본캐 접속도 못 하게 한다고? 강윤이 이따위로 말했다면 그자리에서 오버워치 실사판을 찍었겠지만 이를 어쩌나? 상대는 마리다.

종훈은 마리가 원하는 건 그냥 다 들어준다. 성인지 교육인가 뭔가 하는 시간에 강사가 가스라이팅에 관해 말을 했는데, 종훈은 자신이 그렇게 된 것 같다는 느낌이 들었다. 하지만 그 느낌이 전혀 싫지 않았다.

그때부터 종훈은 유마리란 여성 마법사 캐릭터로, 마리는 이종훈이란 남성 기사 캐릭터로 접속하여 신비와 마법과 모험이 가득한 나라, 슬라디넬라 대륙을 함께 돌아다니며 모험을 즐겼다.

처음에는 키보드에 얼굴을 파묻고 싶은 정도로 민망했다.

여러 남자 캐릭터들이 (어쩌면 그 캐릭터들도 막상 플레이어는 여자였을지 모른다. 알게 뭐람?) "마리 님, 아름다우세요." 이러면서 말을 걸었고, 심지어 어떤 남캐는 "여신님", "갓마리"라고 부르며 스토

커처럼 따라다녔다.

채팅창에서 그런 말을 볼 때마다 대패로 닭살을 밀어 댔으면 그걸로 싸이 버거 하나는 너끈히 만들었을 것이다.

하지만 종훈은 중학생이다. 중학생은 어떤 상황에도 빨리 적응하고, 재밋거리를 찾는 법. 한 달이 지나지 않아 종훈은 여캐 행세하며 플레이하는 것에 재미가 붙었다. 어쩌면 이 게임판에 돌아다니는 아름다운 여성 캐릭터 중에 안여돼(안경 쓴 여드름 많은 뚱보의 줄임말) 스타일의 아저씨가 득실거릴지도 모를 일이다. 그러니 부끄러운 일이 아니다.

게다가 예쁘다며 쫓아다니는 남캐들 속이고 놀려먹는 재미도 꽤 쏠쏠했다. 여기 재미 붙인 종훈이 어찌나 감쪽같이 여캐 행세를 했는지 불과 한 달 만에 마법사 유마리는 남캐들 사이에서 서버의 여신이 되었다.

하지만 기사 이종훈의 운명은 그리 행복하지 못했다. 캐릭터를 바꾸어 플레이한 지 100일 정도 지나자 두 캐릭터의 운명이 완전히 반대 방향으로 갈라져 버렸다.

깨어 있는 시간의 거의 3분의 1을 게임에 매달리는 종훈이 덕분에 마법사 유마리의 성장 속도는 경이로울 정도였지만, 주말에만 한두 시간씩 들어와서 플레이하는 마리 때문에 기사 이종훈은 그만 성장이 멈추고 말았다. 쪼렙이었던 마법사 유마리가 고렙 반열에 올라서고, 심지어 성채까지 있는 길드 마스터가 되는 동안 중렙

수준이던 기사 이종훈은 레벨이 계속 제자리걸음을 걸어 영 격이 맞지 않는 파트너가 되고 말았다. 전투 상황에서 명색이 기사인 이종훈의 칼이나 할버드보다 마법사 유마리의 지팡이(마법이 아니다)가 훨씬 공격력이 큰 치욕까지 겪어야 했다. 물론 마리는 그 상황이 왜 치욕인지 별 느낌 없어 보였지만.

고렙의 여자 마법사 겸 길드 마스터와 중렙의 가난뱅이 남자 기사가 함께 돌아다니는 모습은 마법사와 그 보호자가 아니라 공주와 시종, 아니 어릿광대가 같이 다니는 것처럼 보였다. 전투 상황에서 마법사 유마리의 보호 덕분에 기사 이종훈이 목숨을 건진 것도 한두 번이 아니었다. 여자 마법사의 보호를 받아야 하는 남자 기사라니. 원래 마법사가 주문을 외우는 동안 집중력 흩어지지 않게 주변을 방어하는 것이 기사의 역할 아닌가?

호기심 많고 남의 말 좋아하는 게이머들 사이에 이런 어색한 조합이 소문나지 않을 리 없다. 이 어색한 커플은 금세 슬라디넬라의 유명 인사가 되었다. 일부는 재미있어했고, 일부는 대놓고 조롱했다. 특히 마법사 유마리에게 추파를 던지던 플레이어들에게 기사 이종훈은 만만한 조롱과 경멸의 대상이었다.

- 이종훈 어디 가서 전사나 해 버려라.
- 이종훈 골드충.
- 마리 님 제발 이종훈 분리수거 해 주세요.

- 이종훈은 마리 님 따라다니는 변견이냐?

- 이종훈 나랑 현피 뜨자.

등등의 악플이 붙었고, 때로 플레이 하는 도중에 기사 이종훈을 조롱하거나 욕에 가까운 채팅이나 DM이 날아왔다. 하지만 그 악플은 죄다 종훈이 아니라 마리가 보게 되었고, 충격을 받은 마리가 점점 게임을 꺼리게 되면서 그만큼 둘의 격차가 또 벌어졌다.

"미안해, 내가 더 열심히 할게."

모처럼 같이 게임하던 중 악플과 욕설 DM을 한바탕 받은 마리가 □□ 모양의 이모지가 잔뜩 붙은 DM을 보냈다.

"미안하긴 뭐. 걍 게임인데."

"그래도 네 이름 가진 캐릭터가 욕먹는 거, 꼭 네가 욕먹는 거 같아 맘이 안 좋아. 쫌만 기다려. 내가 열심히 해서 레벨 맞출게."

이때 생각을 하면 종훈은 아직도 웃음이 나온다. 모범생 마리는 게임마저 '노오력'의 대상으로 생각하고 있구나 싶었다.

하지만 마리는 약속을 금방 지키지 못했다. 공부 잘하는 학생의 모든 특징을 다 가지고 있었으니까. 공부 잘하는 학생의 특징? 그건 바로 시험 기간이 1년 내내 계속된다는 것이다.

3월은 새 학년 공부 빌드 업 기간, 4월 상반기는 수행평가 기간, 하반기는 중간고사 기간이다. 계절의 여왕 5월? 상반기는 학생회일 하느라 바쁘고, 하반기는 다시 기말 수행평가 기간, 6월은 1학기 기말고사 기간이다. 방학? 여름방학은 2학기 준비 기간, 개학하면 9월부터 이 과정의 반복, 겨울방학은 다음 학년 준비 기간이다.

이러다 보면 학년 올라가고 학년이 올라갈수록 대입이 가까워지고, 그럼 이 과정이 점점 더 강하게 반복하고. 아마 대학 가도 끝나지 않을 거다. 4년 내내 취업 준비 기간일 테니.

마리가 기사 이종훈을 마법사 유마리와 같이 다니기 어색하지 않을 정도의 레벨로 키우는 데 필요한 클릭 시간이 안 나는 게 당연하다. 1주일에 한두 번, 마리가 거의 의무감으로 접속하는 한두 시간이 고작. 그 한두 시간도 게임 플레이보다는 종훈과 메신저로 이야기하는 시간이 더 많았다.

그렇다고 종훈이 마리 없는 시간에 싱글 플레이를 하는 건 아니다. 기사 이종훈이 안 보이면 즉시 남자 캐릭터들이 그 주위에 몰려들어 마치 하루살이처럼 주위를 앵앵거리며 따라다녔기 때문이다.

- 마리 님, 방가. 이종훈 님 같이 안 왔어여?

- 이종훈 지금 수련 중.

- 종훈 님, 레벨 너무 후달려서 수련 많이 하셔야 할 듯.

- 그런데 접속 안 하셨던데, 무슨 수련을 한다고 그러심?

- 알아서 하겠지. 내 알 바 아님.

- 여법사 혼자 다니면 위험할 텐데 파티 맺을래요?

- 맘만 감사. 그냥 혼자 하겠음. 필요하면 길드원 소집하면 됨.

> - 아, 길드 자리 남아요?
> - 없음. 쏘리.

마법사 유마리에 흑심 품은 남캐들이 추근거렸지만 종훈이 정해 놓은 마법사 유마리 콘셉트가 도도하고 차가운 공주 캐릭터기 때문에 말을 모두 반말이나 축약형으로 했다. 상대방이 정중하게 말을 걸어도 대답은 언제나 어미 없이 명사로 끝나는 차가운 문장.

정말 기분 나쁘기도 했다. 게임 캐릭터가 아니라 현실 마리에게 진짜 남자들이 추근대는 것처럼 느껴졌다.

종훈이 기분 나빠질 때마다 마법사 유마리의 말투는 점점 냉랭해지고 방어적으로 되었고, 그러면 그럴수록 남캐들은 더 적극적으로 달라붙었다. 아이템을 선물하는 놈, 골드를 바치는 놈, 엄청난 경험치를 헌납하는 놈. 기분 나쁜 건 나쁜 거고 비즈니스는 비즈니스니, 종훈은 주는 건 넙죽넙죽 다 받아 챙겼다.

이런 식으로 마법사 유마리의 레벨은 계속 올라갔고, 아이템도 장난 아니게 모였다. 만렙이 가시거리에 들어오고 있는 마법사 유마리의 스탯은 점점 먼치킨*이 되어갔다. 보호 마법 한번 걸면 웬만한 레벨의 전사나 기사가 창칼로 아무리 쑤셔도 생채기 하나 나지 않고, 마법을 전혀 사용하지 않고 순수하게 힘만으로도 중간

* 게임이나 소설에서, 마법이나 기술을 자유자재로 쓰면서 한 번에 여러 마리의 몬스터를 잡거나 원샷올킬할 수 있는 극단적으로 강한 캐릭터를 가리킴.

레벨의 전사를 때려 눕힐 수 있다.

그런데 1학기 기말고사가 끝나자마자 기사 이종훈의 레벨업 속도가 엄청나게 빨라졌다. 시험이 끝나고 여유가 생긴 마리가 거의 날마다 접속하여 부지런히 플레이했기 때문이다.

그렇게 기사 이종훈의 레벨이 하루 평균 15단계씩 올라가더니 한 달 만에 800레벨을 넘겼다. 명실상부한 고렙 반열에 들어선 셈이다. 이렇게 되자 기사 이종훈에 대한 온갖 쑥덕거림도 쑥 들어가고 말았다. 악플이나 DM도 확 줄었다. 악플러 하나를 결투로 박살 내고 난 다음의 일이다.

종훈은 소름이 돋았다. 공부 잘하는 애들은 정말 뭘 하든지 지독하게 하는구나 하는 생각이 들었다. 마리가 각 잡고 달려들면 게임마저 자기보다 더 잘할 거라는 생각에 슬퍼지기까지 했다. 제발 그런 일은 일어나지 않았으면 했다.

마리가 얼마나 지독하게 기사 이종훈 레벨을 올려놓았는지 그 비밀은 여름방학이 끝나 가던 날 밝혀졌다.

> 미안. 너무 피곤하고 아파. 오늘 약속 아무래도 안 될 거 같아

모처럼 여름의 기세가 약해지고 선선한 바람이 부는 저녁 무렵, 마리한테 올림픽 공원에 산책하러 나가자고 했더니 이런 톡이 왔다.

뭐? 왜?

일주일 동안 제대로 안 자서 그런가 봐

ㅋㅋ 방학인데 무슨 공부를 그렇게 열심히 함? ㅋㅋ

공부 아니고 게임하느라

와 ㅋㅋㅋㅋ 니가 게임하느라 밤을 새운다고?

너무 싫어서

뭐가?

너 무시당하는 거

나 무시 안 당하는데? ㅋㅋ
나 게임 최고 인기 캐릭터 주인이라고

하지만 그 캐릭터 이름은 유마리잖아?

네 이름 가진 캐릭터가 막 무시당하고,
막 사람들 뒷담, 아니 앞담 까고 그러는 거 넘 시러

와, 나 감동받음

말로만? ㅋㅋ

아이템 사 줄게 ㅋㅋ

응 ㅋㅋ 저아

안 봐도 훤히 알 수 있었다. 마리는 뭐든지 1등 안 하면 안 되는 아이니까 자기 캐릭터 무시당하는 게 너무 싫었을 것이다. 종훈이라는 이름이 무시당하는 게 싫었다는 것도 거짓말은 아니겠지만 그 책임이 자기한테 있다는 게 더 싫었을 것이다.

밤을 새워 가며 미친 듯이 게임했을 것이다. 2학기 공부 준비기간 되기 전에 최대한 캐릭터 레벨을 올려놓기 위해 내내 잠도 안자고 게임만 했을 것이다. 몸이 축날 정도로 게임해서 캐릭터 레벨을 올려놓다니 섬뜩했다. 이미 그때 이 커플의 미래가 예고된 것이나 다름없었다는 것을 알아챘어야 했다.

공부뿐 아니라 게임에서조차 남보다 뒤떨어지는 걸 너무 싫어한마리. 자기가 조종하고 관리하는 캐릭터가 소위 '찐따' 취급받는게 싫었던 마리. 공부가 1등이면 캐릭터도 1등, 하다못해 상위권에는 들어야 하는 마리.

게임 캐릭터도 그 정도인데 현실 남친은?

생각이 여기까지 오자 종훈은 고개가 푹 숙어진다. 종훈이의 현실 레벨은 과연 어느 정도일까?

1. 공부. 못한다. 성적표에 A는 하나도 없고, B가 찍힌 과목이 기술가정과 사회뿐. 그나마 둘 밖에 안 되는 B도 죄다 수행평가 덕분이다. 기술가정은 선생님이 마음씨가 좋은지 원래 평가 기준이 그런지 수행평가에 참가만 하면 어지간하면 다 B고, 모둠활동이 많은 사회는 마리랑 같은 조를 먹고 버스 탄 덕분이다. 마리는 수행평가 모둠 편성할 때마다 종훈을 자기 모둠에 끌어갔고, 그게 어

려우면 자기 모둠뿐 아니라 종훈이네 모둠까지 도와주었다. 개별로 제출해야 하는 과제들은 체크리스트를 만들어 관리했고, 수행평가 제출이 완료되지 않으면 데이트에 응하지 않았다.

2. 외모. 음 외모라. 종훈은 못생기지도, 뽐낼 만큼 잘생기지도 않았다. 그냥 평범 아니면 평범보다 조금 나은 정도?

3. 운동. 이건 아니다. 종훈은 운동과 완전히 담을 쌓았다. 운동을 못하는 만큼 싸움도 못한다. 태어나서 누구한테 맞은 적은 많아도 때린 적은 없다. 마음이 착해서가 아니다. 마음은 때렸지만 결과가 반대였을 뿐이다.

4. 게임. 심지어 게임조차 강윤처럼 고수라고 불릴 정도는 아니다. 종훈은 게임을 잘하는 아이가 아니라 많이 하는 아이다.

생각할수록 비참하다. 100번 다시 생각해도 종훈은 마리가 "자, 소개할게. 여긴 내 남친이야." 하고 떳떳하게 내세울 상대는 아니다.

그러니 둘이 사귀기로 한 그날 이미 종점은 정해져 있었다. 2년이나 간 건 정말 기적에 가깝다. 그것도 아마 책임감 강하고, 실패를 인정하기 싫어하는 마리의 집요한 성격 때문이 아닐까? 사귀자는 데 동의하고 약속했으니 종훈이 어지간히 잘못을 저지르지 않는 한 계속 관계를 유지한다는 성실성?

아니나 다를까 2학년 2학기가 절반이 지나갈 무렵 마리에게 거리감이 느껴지기 시작했다. 마리가 잘 만나 주지 않았다. 만나자고 할 때마다 늘 뭔가 일이 있었다. 꼭 그때 학원 시험을 치고, 집안에 일이 생겼다. 주말에 게임에서라도 만나고 싶었지만 기사 이종훈은 계속 미접속 상태였고, 마법사 유마리 혼자 돌아다니는 날이 이어 졌다.

기다리다 못한 종훈은 직접 물어보기로 했다. 톡을 보냈다.

> 요즘 겜 왜 안 들어오는데?

읽음 표시는 되었지만 답장이 오지 않았다. 읽씹 당했나 하던 차에 거의 22시간이나 지나서야 답이 와 읽씹은 겨우 면했다.

> 미안. 기말고사 준비 땜에

너무 간단하고 이해할 수 없는 대답. 마리는 늘 중간고사 혹은 기말고사를 준비하는 아이다. 새삼스럽게 기말고사 준비 때문에 만나지도 못하고 약속도 못 잡고 게임에도 안 들어온다? 마리답지 않은 허술한 핑계다. 그래도 종훈은 마리에게 절대 화를 안(못?) 내기 때문에 꾹 참고 다시 물어보았다.

> 그럼 언제 할 수 있는데?

> 기말고사 끝날 때까지 못해

살짝 화가 난 종훈은 짜증스러운 표정을 지었지만 그냥 혼자만
의 표정일 뿐이다. 다시 톡을 보냈다. 하지만 이모지를 쓰지 않아
그 짜증은 종훈이 얼굴에만 남았다.

> 납득이 안 돼

> 뭐가?

> 잠깐도 못 만나? 아니면 잠깐 접속도 안 돼?

> 기말고사야

> 누가 몰라? 공부 안 하고 계속 겜하자는 거 아님.
> 겜 접속만 해도 되고, 겜 안 하고 이야기만 해도 되고.
> 아님 시험공부 같이 할까?

이 톡을 마지막으로 마리는 더 이상 답하지 않았다. 읽음 표시
는 찍혔으니 완벽한 읽씹이다.

그래도 '왜 대답 안 하는데?' 따위 톡을 보내는 건 너무 자존심
상하는 일이라 그냥 이 상태로 대화방을 남겨 두었다. 어디 네가
대답하나 안 하나 보자 하는 느낌으로. 그러나 며칠이 지나도록 대
화방은 계속 이 상태로 남았고, 종훈의 자존심은 오징어가 되었다.

2학년 2학기 기말고사를 일주일 정도 남겨 두고 더 큰 일이 일

어났다. 길드에서 기사 이종훈이 사라졌다. 처음에는 길드를 나갔나 했다. 물론 기분 나빴다. 말도 안 하고 길드를 나가?

하지만 그 정도는 일도 아니었다. 길드를 나간 기사 이종훈이 뭐 하고 있나 궁금해 캐릭터 위치 추적을 해 보니 이런 말풍선이 유령처럼 튀어나온 것이다.

존재하지 않는 사용자입니다.

사용자가 존재하지 않는다니, 이게 뭔 소리야? 그러니까 캐릭터 삭제하고 계정 폭파했다고? 뭐야, 이게 말이 돼? 소름이 돋았다.

마리가 마지막 톡을 읽씹한 행동이 담은 메시지는 진작 간파했다. 하지만 차마 밝히고 싶지 않았다. 계속 모르는 채 남고 싶었다.

그래서 계속 못 알아차린 척했다. 그랬더니 마리가 절대 오해할 수 없게 눈에 확 띄는 메시지를 던진 것이다.

종훈의 상상 범위를 훨씬 넘어선 뼈를 부러뜨리는 메시지. 그냥 접속만 안 하면 될 것을 굳이 계정을 지우고 캐릭터를 삭제할 필요까지 있나 싶었다. 아무리 게임 캐릭터라도 종훈의 이름을 따서 만든 캐릭터인데, 그런 캐릭터가 완전히 사라져 버렸다고 생각하니 마치 자기의 한 부분이 사라진 것같이 허전했다. 이 세상에 레벨 831의 기사 이종훈과 한심한 중학생 이종훈이 있었는데, 그중 기사 이종훈이 사라지고 한심한 이종훈만 남은 느낌이다.

"이제 내 인생에서 꺼져 줘."

머릿속에서 이렇게 말하는 마리 모습이 떠올랐다. 심지어 음성
지원까지 되었다. 기분 나쁘다. 무섭다.

결국 다시 톡을 보낼 수밖에 없었다.

> 계폭, 캐삭 왜 했는데?

아무 반응이 없다. 읽음 표시는 되었지만 반응이 없다. 할 수 없
이 줄줄이 톡을 날렸다.

> 그냥 계정 나한테 넘기고 나가면 되는 거였잖아?
> 왜 톡 읽씹이야?
> 정말 궁금해서 그래. 뭐라 하는 거 아니야. 왜 캐삭했냐고?
> 좀 섬뜩하단 말이야

답 없는 일방적인 톡만 줄줄 이어졌다. 이 일방적인 톡 행렬은
마침내 종훈이 자존심이고 뭐고 다 내던진 메시지를 마지막으로
멈추었다.

> 뭔지 모르지만 내가 잘못했어. 제발 말 좀 해 줘

종훈이 한 번도 안 해 본 말이다. 부모님 앞에서도, 선생님 앞에서도, 아무리 야단을 맞아도 그 말만큼은 안 했다. 아니 못 했다.

그 어려운 걸 했는데도 답이 오지 않았다. 버린 것은 자존심뿐. 아무것도 얻지 못한 처량한 꼴이 되었다.

더 이상 내던질 그 무엇도 남지 않은 종훈은 혹시나 하고 전화를 걸어 보았지만 통화음 세 번 넘어가기 전에 "전화를 받을 수 없습니다." 소리만 들었다.

그럴 줄 알았다. 톡도 읽고 씹는데 전화를 받을 리 없다. 그 정도도 모를 바보는 아니다. 하지만 다 알면서도 너무 답답해 통화 버튼을 누를 수밖에 없었다.

이렇게 며칠 지났다. 상황이 바뀌어 종훈은 되레 마리가 만나자고 할까 겁났다. 얼굴 보는 것도, 연락하는 것도 다 부담스러웠다.

마리는 신중한 아이지만, 대신 한 번 정한 일은 절대 돌이키지 않는다. 만나서 이야기하자고 해도 예전 같은 사이로 돌아가자고 말할 확률은 0.000001퍼센트 미만일 거다.

또 마리는 미해결 상태로 남아 있는 일을 견디지 못한다. 학교 휴게실에 있는 피아노를 '도레미파솔라'까지만 치고 뚜껑을 닫으면 하던 일을 멈추고 달려와 기어이 '시도'까지 치는 아이다.

되돌리지 않는 성격, 일을 어정쩡하게 남겨 두지 않고 반드시 마무리를 짓는 성격, 이 둘을 합치면 어떻게 될까?

이 말 들을 확률이 99.999999퍼센트다.

'우리 그만 만나.'

마리는 "우리 그냥 좋은 친구로 남자." 이따위 구질구질한 꼬리를 남기는 아이가 아니다. 사귀는 것은 물론, 친구도 그 무엇도 아닌 관계가 되는 거다.

돌이킬 가망이 없어도 희망 회로 돌리고 뇌피셜로 버티는 편이 차라리 낫다. 대답 없는 카톡 대화방을 유지하는 편이 확실한 결별 선언을 듣는 것 보다 조금이나마 더 낫다.

위태위태한 관계라도 남기고 싶은 정도로 종훈은 외롭다. 마리와는 처지가 딴판이다.

마리는 인기가 많다. 같이 다닌다는 것만으로도 우쭐거리는 마음이 드는 핵인싸다. 주변에는 늘 남자아이들이 우글거렸다. 마법사 유마리 캐릭터나 현실의 유마리나 별로 다를 바 없었다.

그런 마리한테 종훈은 어쩌면 한낱 스쳐 지나가는 여러 남사친 중 하나에 불과했을지 모른다. 좀 자주 만나는. 하지만 종훈에게 마리는 여친 그 이상이다. 세상에서 의지할 수 있는 하나뿐인 친구다. 강윤이 들으면 펄펄 뛰겠지만, 강윤은 마리와 서먹서먹해진 다음에 PC방에서 만나 친해졌을 뿐이다. 종훈은 학교에서 마스크 벗은 얼굴 보며 만난 친구가 마리뿐이다.

마리가 그렇게 거리를 둔 게 원격 수업 기간이라 다행이다. 등교 수업 기간이었으면 어쩔 수 없이 교실에서 마리 얼굴을 봐야 하는 상황이 얼마나 부담스러웠을까?

하지만 원격 수업 역시 부담스럽긴 마찬가지였다. 줌 갤러리에 둥실둥실 마리 얼굴이 떠 있는 것도 보기 민망하고, 뚱한 자기 얼굴을 마리가 있는 줌 갤러리에 내보이는 것도 싫었다. 카메라 안 켜도 출석으로 인정해 주는 수업은 괜찮았지만, 깐깐하게 카메라를 켜서 얼굴을 계속 보여야만 출석으로 인정하는 시간에는 차마 들어갈 수 없었다.

그래서 원격 수업은 아예 안 들어갔다.

'미인정 결과 처리하라지 뭐.'

어차피 1학년 때부터 원격 수업 빼먹은 시간이 하도 많아 결과 처리되어 봐야 딱히 더 깎일 점수도 없었다.

담임 선생님이 계속 원격 수업 참여를 독촉하는 전화를 했지만 일 나가느라 정신없는 부모님은 야단칠 시간도 힘도 없다.

이런 상황을 잊기 위해 종훈은 더더욱 마법사 유마리 캐릭터에 깊이 빠졌다. 캐릭터 바꾼 게 차라리 다행이라는 생각도 들었다. 이렇게라도 마리를 만날 수 있으니까. 적어도 유마리란 이름을 가진 가상의 예쁜 여자 친구는 여전히 남아 있는 셈이니까.

메타버스 시대 아닌가? 어쩌면 마법사 유마리 캐릭터를 지키고 계속 성장시켜서 만렙 채우면 그 정성에 감동한 마리가 돌아올지도 모른다는 개꿈이라도 꾸고 있었는지 모른다.

"에이. 다 썩었어."

마법사 유마리 캐릭터에 얽힌 추억을 돌아보니 마음이 너무 구 깃구깃해진다. 꼭 급식실 퇴식구에 널브러진 식판 같다.

구겨진 마음 털어 내는 데는 역시 쇼핑이 최고다.

여름 방학도 다가오고 하니 시원해 보이는 옷을 하나 사서 입히자. 예쁘고, 얇고 시원하면서 방어력도 좋은 (사실 굉장히 모순되는 말이지만 게임 세계에선 그딴 거 없다.) 옷.

캐릭터 창을 닫고 큰 마을에 있는 단골 상점으로 단숨에 워프한다.

종훈, 아니 마법사 유마리가 나타나자 상점에 있던 캐릭터들이 일제히 아는 척을 하며 몰려온다.

- 마리짱 방가방가.
- 마리사마, 나도 같이 가요.
- 종훈 님 안 보이던데 길드 탈퇴함?
- 혹시 강퇴?
- 종훈 탈퇴 추카추카.

별별 말이 다 쏟아지지만 대답하기 귀찮아 쇼핑 목록만 뒤진다. 마법사 유마리가 콧대를 살짝 올리고 뭇 남자들을 도도하게 무시하는 상황이 만들어진다.

새로 나온 아이템을 검색해 보니 잠자리 날개 같은 주름 장식이 들어간 반투명한 마법사 옷이 눈에 확 들어온다. 예쁘고, 살짝 야하고, 매력, 마법 방어력, 지능, 체력을 각각 10퍼센트 높여 주는 등 특수 능력도 짱짱하다.

"아놔, 개비싸?"

종훈이 입에서 욕이 튀어나온다. 옷 한 벌 가격이 무려 150만 골드. 아무리 마법사 유마리가 부유한 캐릭터라 해도 상당히 부담되는 가격이다.

현재 마법사 유마리의 계좌에는 600만 골드 정도가 있다. 하지만 게임 도중 캐릭터가 죽었을 경우 다시 살릴 수 있는 '소생' 서비스 1회에 들어가는 500만 골드를 생각해야 한다. 아무리 쉽다고 해도 명색이 모험과 전투 중심으로 이루어지는 게임이니 언제무슨 일이 일어날지 모른다. 그러니 옷 한 벌에 150만 골드를 홀랑 써 버리면 너무 빠듯해진다.

이때를 놓치지 않고 화면에 둥둥 떠다니는 메시지.

'캐시를 충전하시겠습니까?'

종훈이 마음을 읽기라도 한 것 같다. 사악한 인공지능 같으니라고. 에라 모르겠다.

유마리에게 꼭 예쁜 새 옷을 입혀 주고 싶은 마음에 종훈은 눈딱 깜고 제발 눌러 달라고 반짝이며 손짓하는 '캐시 충전' 버튼을 클릭한다.

'이제부터 현질이다.'

당장 경고문이 뜬다.

종훈은 그 문구를 향해 썩소를 날린 뒤 72로 시작되는 엄마 주민등록 번호를 입력하고, 스마트 폰에 저장된 엄마 신용카드 앱을 실행시켜 10만 원을 결재했다.

현질의 효과는 즉각적이라 인벤토리 창에 1,000만 골드가 바로 추가된다.

엄마가 알아채는 걱정 따위 안 한다. 어차피 종훈은 날마다 저녁을 혼자 먹어야 한다. 그래서 엄카를 늘 가지고 다니기 때문에 10만 원 정도 게임 캐시 충전하는 건 티도 안 난다.

아이템 인벤토리에 찍힌 여덟 자리 숫자를 보니 밥을 잔뜩 먹은 것처럼 배가 부르다. 배가 부르다고?

'아 참, 밥!'

그제야 시계를 본다. 저녁 7시가 지났다. 꼬르륵 소리가 뒷북을 치며 울린다. 하지만 종훈은 PC 앞을 떠나기 싫다. 새로 현질까지 해가며 장만한 값비싼 마법사 옷의 위력을 확인하고 싶다.

예쁘게 차려입은 마리가 아름다운 슬라디넬라를 돌아다니는 모습을 보고 싶다. 남캐들이 졸졸 따라다니는 건 꼴 보기 싫지만.

그렇다고 중학생이 저녁을 굶는다? 임파서블. 벌써 뱃가죽과 등 가죽이 달라붙어 서로 갉아 대느라 속이 쓰라리다.

게임을 일시 정지 상태로 하고 세 시간 만에 PC 앞을 떠난 종훈이 간 곳은 겨우 3미터쯤 떨어진 라면 자판기. 왕뚜껑 사발면인지 뭔지 하여간 제일 커다란 라면 하나를 뽑았다.

원래 이 PC방은 라면 맛있게 끓여 주기로 소문난 곳이었다. 하지만 작년인가 재작년에 방역 2.5단계인가 뭔가 때 그만두었다. 그나마 올해는 청소년 출입도 가능하고 거리두기만 하면 식사도 허용되지만, 여전히 조심 하느라 그러는지 가성비를 생각해서 그러는지 자판기 컵라면만 취급한다.

"컵라면이 어디야? 작년 생각해 봐, 작년."

중고딩들이 왜 라면 안 파냐고 투덜거리면 주걱 형은 이렇게 말하며 단호하게 고개를 가로저었다.

컵라면을 들고 돌아오니 모니터에서 마법사 유마리가 미동도 하지 않고 제 자리에 서 있다.

바람에 흩날리는 이국적인 파란색 머리와 방금 사서 입힌 잠자리 같은 마법사 옷이 너무 잘 어울린다. 그런데 들고 있는 스태프가 안 어울린다. 역시 이런 샤방샤방 패션에는 육중한 스태프보다는 날렵한 완드다.

종훈은 즉시 상점으로 워프한다. 어차피 게임에서 라면 먹어가며 할 수 있는 건 아이템 구경밖에 없다. 골드도 잔뜩 충전 했겠다,

마법 포인트 높고 모양도 예쁜 완드를 사서 장착시킬 생각이다.

"앗 뜨거!"

완드 구입을 위해 마우스를 클릭하다 그만 라면 용기를 잘못 건드렸는지 라면 국물이 손등에서 작은 쓰나미를 일으킨다.

쓰라리다. 응급처치가 필요하다. 화장실까지 가서 찬물로 손등을 식히는 게 귀찮은 종훈은 가까운 데 있는 정수기 찬물을 눌러 손등을 식힌다.

"아, 이 새끼가? 지금 뭐 하냐 더럽게?"

주걱 형이 한 소리 했지만, 별 관심은 없지 소리만 지르고는 자기 앞에 있는 모니터에 머리를 처박고 그대로 앉아 있다. 종훈도 다시 게임을 시작한다. 오른손으로는 젓가락질하고 왼손으로는 마우스를 움직인다.

후루룩, 후루룩.

종훈 말고도 그러는 사람이 많은지 PC방 곳곳에서 라면 흡입 사운드가 요란하다.

"너 키보드에 국물 흘리면 뒤진다. 그리고 다 처먹고 나면 마스크 다시 써라."

주걱 형이 무서운 얼굴을 지어 보이려 애쓰며 한마디 한다. 정작 그러는 본인도 미친 듯이 라면 국물을 튀겨 가면서 게임하는 중이다.

어쨌든 잔소리를 들었으니 키보드를 라면하고 멀찍이 떨어지도록 밀어냈다. 어차피 키보드 쓸 일도 별로 없다. 이 게임은 그냥 마우스만 딸깍딸깍하면 된다. 키보드 엄청나게 두드려 가며 하는 게임은 강윤이 하는 게임들이다.

종훈은 강윤을 이해할 수 없다. 그 많고 복잡한 단축키를 어떻게 다 외우고 다니는지 모르겠다. 단축키뿐이 아니다. 각종 게임의 빌드, 전술, 플레이 맵, 이런 것들을 공책에 빽빽하게 적어 놓고 틈만 나면 펼쳐 놓고 외워 댄다. 새 빌드나 전략 연구한다며 공책에다 어쩌고저쩌고 깨알같이 쓰고 그리기도 한다.

놀자고 게임하는데, 왜 게임마저 공부해 가면서 하는 걸까?

"어이구, 폐인 새끼. 작작 좀 해라. 게임이 밥 먹여 주냐?"

"아니. 근데, 게임 지면 밥맛이 안 나."

"그 정성으로 공부를 하지?"

"괜찮아. 너보단 잘해."

이렇게 우문우답을 주고받기도 했다.

정말이다. 강윤이 게임에 들이는 정성 반만 들여도 끝에서 10퍼센트 선에 걸려 있는 등수를 발랑 뒤집어서 앞에서 10퍼센트로 만들어 놓지 않았을까? 그런데 또 학원은 절대 안 빠진다. 돈이 아깝지도 않나?

웃음이 터져 나오려는 순간 종훈의 얼굴이 갑자기 싸늘하게 굳어 버린다.

모니터 속에서 마법사 유마리가 이렇게 말하는 것처럼 느껴진

탓이다.

"폐인? 게임 전술 연구하는 강윤이랑, 라면 국물을 튀기면서 온종일 컴퓨터 앞에 앉아 있는 너랑, 누가 더 폐인이야? 응?"

급 현타가 밀려온다. 에이 그냥 아무 생각하지 말자. 이럴 때는 여신 놀이가 제일이다. 채팅 창에 한마디 올린다.

- 나 사파이어 호수 탐험 갈 건데, 같이 가실 분?

곧 남캐들이 우글우글 몰려와서 탐험대, 호위대, 수색대 등등 여러 자발적인 부대들이 만들어질 것이다. 이들은 마법사 유마리가 새로 산 옷과 완드의 맵시를 뽐내며 '안전하게' 모험을 즐길 수 있도록 성심을 다해 봉사할 것이다.

종훈이 할 일은 구경뿐이다. 라면 후룩후룩 먹어 가며. 나머지는 남캐들이 알아서 한다. 미션도 클리어하고, 몹들도 처치하고, 함정도 다 찾아서 해제하고, 퍼즐도 풀고, 아이템도 찾아내고. 물론 찾아낸 아이템 중 절반은 마법사 유마리에게 바치는 조공이다.

아니나 다를까 길드원, 길드 대기자는 물론 다른 길드 남캐들까지 우르르 몰려온다.

10분 만에 마치 사이버 시위를 보는 것 같은 장관이 펼쳐진다. '메타버스와 온라인 게임의 융합'이라며 요란하게 광고한 개발사가 좋아할 장면이다.

'마리 님', '마리 짱', '마리느님' 따위의 말풍선들이 모니터 구석 구석에서 두리둥실 떠다니며 화면을 가득 채운다.

새 옷과 아이템 효과 완전 제대로다. 길드에 받아 달라고 애원하는 플레이어들이 보내는 DM 알림도 바쁘게 울린다. 라면도 꿀꺽 꿀꺽 잘 넘어간다.

어느새 마법사 유마리는 30만이라는 경험치와 나중에 따로 정리해 보기 전에 무엇 무엇을 받았는지 기억도 안 나는 온갖 아이템을 선물로 받았다.

하지만 이때 어깨를 거칠게 툭툭 두드리는 누군가의 손이 느껴진다. 순간 환상의 나라 슬라디넬라가 안개처럼 사라지고 눈앞에 음침한 PC방이 펼쳐진다.

기분이 확 깬다.

더 깨는 것은 잘생긴 영웅, 아름다운 엘프들 대신 주걱 형이 눈앞을 가득 채우고 있다는 것이다.

짜증 난다. 나이만 아니면, 아니 덩치만 아니면 한 대 때려 주고 싶다. 하지만 막상 그 얼굴을 보면 그런 생각은 미립자가 되어 사라진다.

"왜요?"

기껏 이렇게 한마디 내 지르는 게 고작이다.

"시간 다 됐어. 집에 가."

"말도 안 돼. 아직 8시도 안 됐는데?"

"니 꼴을 좀 보세요. 완전 폐인 각이세요. 보는 내가 다 걱정된다. 지금 9시 45분이네요, 45분. 나 10시 전에 문 닫고 가야 해. 코로나 시국에 아청법에, 너 지금 나 잡을 일 있냐? 영업정지 먹는다고. 나도 좀 먹고살자. 빨리 꺼져 새끼야."

주걱 형의 말투가 뒤로 갈수록 점점 거칠어진다. 종훈도 9시 반이 넘었다는 소리를 듣자 갑자기 목 근육이 시큰거리고 목과 어깨가 만나는 삼거리 근처가 쑤시기 시작한다. 좋지 않다. 이건 거북목이 되어 가고 있다는 신호다.

"우이씨, 언제 시간이 이렇게 갔지?"

종훈이 손바닥으로 목 뒷덜미를 탁탁 두드린다. 아까 강윤이 했던 동작과 똑같다.

"봤지? 이제 가."

"아 참, 라면."

그제야 라면 생각이 난다. 라면 용기를 들어 그 안의 상태를 보니 모습이 영 흉측하다. 면발은 통통 불어 있고 국물은 차갑게 식었다. 버리기는 아깝고, 먹자니 영 찜찜하다.

"아, 뭐 해? 빨리 가라니까?"

라면을 마저 먹을까 말까 망설이는 사이 주걱 형이 반쯤 남아 있는 라면 용기를 홱 낚아챈다.

"아, 아직 덜 먹었는데?"

종훈이 주걱 형에게 끌려가는 라면 용기를 잡았다. 먹을까 말까

하고 있었고, 사실은 먹을 만한 상태도 아니지만, 막상 빼앗아 가니 중학생다운 오기가 발동하며 기필코 국물 한 방울까지 다 먹고 싶어진다.

"이걸 먹는다고? 더럽다 더러워. 네 입이 무슨 음식물 쓰레기통이냐? 그냥 가."

주걱 형이 다시 라면을 끌어당긴다.

"내 돈 주고 산 거잖아? 금방 먹고 내가 버린다니까."

"영업정지 먹으면 네가 나 먹여 살려 줄 거야? 과태료 대신 내 줄 거야? 아니잖아?"

"아, 정말. 알았어. 가면 될 거 아냐?"

종훈이 마치 항복한다는 듯한 제스처를 취하며 라면 용기를 쥐고 있던 손을 풀었다. 그런데 종훈이 그렇게 쉽게 손을 놓을 줄 몰랐던 주걱 형이 하필 그 타이밍에 라면 그릇을 확 잡아당기는 바람에 라면 용기가 붕 떠오르며 공중제비를 돌았다.

"아!"

"어!"

두 사람의 째지는 소리를 배경음악 삼아 라면 용기가 공중에서 묘한 각도로 트리플 악셀 회전을 하며 남은 국물과 면발을 종훈에게 한바탕 뿌려댄 뒤 가방 위에 그대로 엎어진다.

"아이 씨, 이게 뭐야!"

종훈이 급히 라면 그릇을 집어 올리지만 마음만 앞서고 손이 따

라가지 못해 반쯤 들어 올리던 그릇을 다시 떨어뜨리고 만다. 가방
이며 옷이며 온통 뻘건 라면 국물로 샤워를 해 버렸다.

"아, 미안, 미안."

주걱 형이 당황과 민망함이 합쳐진 묘한 얼굴로 긴 턱을 쩍 벌리
더니 후다닥 대걸레와 손걸레를 들고 튀어 온다.

종훈은 종훈대로 휴지야 뭐야 있는 대로 집어 들고 얼굴이며,
셔츠며, 바지며, 가방을 닦아 댄다.

"아놔, 체육복!"

가방이 문제가 아니다. 입고 있던 체육복이 시뻘건 라면 국물이
흩뿌리며 그려 놓은 추상화로 가득하다.

'큰일이다. 이 꼴을 하고 학교에 어떻게 가지? 체육복이라곤 이거
하나고, 교복은 입기 싫고, 생활복은 어디 있는지 모르겠는데…….'

갑자기 확진자 한 백만 명쯤 늘어나 국가 비상사태 선포되고 등
교 중지나 되었으면 좋겠다는 생각이 든다. 하지만 요즘 분위기로
는 하루 확진자 백만 명 정도 늘어나도 등교 중지 같은 거 안 하고
악으로 깡으로 등교시킬 것 같다. 꿀 빨던 원격 수업 기간은 이제
다시 오지 않는다는 것, 종훈도 잘 알고 있다.

종훈이 결심한다. 뭐 이런 일에 결심씩이나 필요한지 모르겠지
만, 종훈이 나름으로는 결심 레벨이다.

'그냥 사복 입고 가자. 체육복 비슷한 바지 입고 위에 후드 집업
걸치고 고개 처박고 들어가자.'

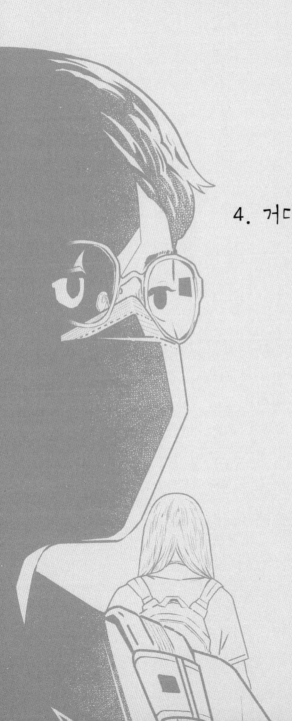

4. 거대 괴물의 출현

여기까지가 종훈이 사복 입고 등교하다 이름 적히는 신세가 된 사건의 전말이다.

　아재들이 들으면 기껏 라면 국물 좀 흘린 것일 뿐, 옷이 찢어지거나 구멍난 것도 아닌데, 뭐 어때 사내 녀석이? 이럴지도 모를 일이다.

　하지만 종훈은 학교를 안 갔으면 안 갔지, 그런 꼴로는 갈 수 없다. 종훈뿐 아니라 중학생이라면 누구나 그럴 것이다.

　생활지도부장한테 걸려 이름 적히는 것도 싫지만, 그거야 그때뿐, 한 달만 벌점 관리 잘하면 되지만 지저분한 차림으로 학교 오면 문제가 심각하다. 어떤 짓궂은 녀석이 '얼룩 바지' 따위의 이상한 별명이라도 붙이면 최악이다. 까딱 잘못하면 대학 들어갈 때까지 계속 그렇게 불릴 수도 있다.

　중딩은 눈이 밝다. 특히 남의 약점, 놀려먹을 거리 찾을 때는 거의 투시력까지 발휘한다. 더구나 지난 2년간 원격 수업으로 제대로 만나지 못한 터라 그동안 못 한 장난 한꺼번에 치기 위해 눈빛이 두 배, 세 배 예리하다. 누군가 반드시 얼룩을 찾을 것이며, 틀림없이 기상천외한 별명이 붙어 남은 중학교 생활을 우습게 만들 것이다.

하지만 이걸 생각 못 했다.

적발은 학주가 하지만 벌점 대장에 기록하는 건 마리라는 것. 그것도 하필이면 이오종이 보는 앞에서 말이다.

"3학년 2반 이종훈. 교복 미착용."

이럴 수가. 마리 목소리가 너무도 사무적이고 냉정하다. 같은 학교에 다닌다는 것만 겨우 아는 그냥 그런 동급생 취급이다. 그나마 반이랑 이름이라도 기억해 주고 있어서 고맙다고 해야 할까?

마리와 눈 마주치는 것이 부담스러워 고개를 돌렸더니 이번에는 오종이 녀석이 빙그레 웃는 얼굴로 지켜보고 있다. 웃고 있는 것인지 원래 얼굴이 그렇게 생겼는데, 종훈의 눈에 그렇게 보이는 것인지는 모르겠다.

어쨌든 기분이 너무 더러워 못 참겠다. 아무리 오종이 주먹 서열이 한참 앞이라도 할 말은 해야겠다.

'설마 학생회장이 생활지도부장 선생님이 보는 앞에서 주먹질이야 하겠어? 더구나 마리까지 보고 있는데?'

믿는 구석이 생겨 마음이 놓인 종훈이 툭 한마디 던진다.

"야, 넌 왜 쪼개는데? 구경났냐?"

아니나 다를까 약간 어이없다는 표정으로 오종이 종훈을 노려

본다. 하지만 입술만 실룩실룩하며 꾹 참는 모습이다. 그런데 노려보는 표정이 기분 나쁘다. 마치 O가 더러워서 피하지 무서워서 피하냐 느낌이다.

지고 싶지 않은 마음에 종훈도 O라도 본 듯한 어이없는 표정을 지어 보이며 눈싸움을 걸어 본다.

그런데 오종이 갑자기 휘청한다.

'어? 왜 이러지? 내 말이 너무 뼈 때렸나? 아니면 내가 같이 야리니까 쫄았나? 혹시 내 눈에서 레이저라도 나갔나?'

이런 생각을 하던 차에 어처구니없이 종훈도 같이 휘청한다. 마리도 휘청한다. 생활지도부장도 휘청한다.

아니 오종, 종훈, 생활지도부장 정도가 아니다. 학교 전체, 아니 학교, 운동장 할 것 없이 동네 전체가 휘청한다. 이게 뭐야? 언젠가 지구가 사실은 살아 있는 유기체며 인간이 계속 지구 환경을 더럽히자 지구가 자체를 보호하기 위해 재난을 일으켜 인간을 박멸한다는 설정의 게임을 했던 기억이 난다.

'지구가 레알 빡친 거 아나?'

이때 생활지도부장의 째지는 목소리가 들린다. 평소보다 한 옥타브 위에서 소리치는 것을 보니 멘탈이 많이 흔들리는 모양이다.

"여러분, 자 침착하시고. 지진 대비 훈련했던 거 생각나죠? 건물 벽에서 떨어져서 운동장 가운데로 이동합니다. 자 침착하게 이동

합니다."

하지만 아무리 감추려고 애를 써도 억지로 태연해 보이려는 티가 너무 난다. 그 모습을 보자 그동안 미워했던 생활지도부장이 갑자기 친근하게 느껴진다.

'아, 쌤들도 이럴 때 우리랑 마찬가지로 겁나는구나. 하긴, 그래 봐야 사람이지 뭐. 그럼 오종이 녀석은? 에라, 한심한 놈. 이 판국에 뭘 오종이를 찾냐? 살든가 뒈지든가 알아서 하라고 하고, 마리를 찾아야지. 마리, 마리는 어디 있지? 다치지는 않았나? 내가 도와줄 일은 없을까? 만약 다쳤으면 내가 업고 병원으로 달려갈 텐데.'

종훈의 눈에 생활지도부장의 지시에 따라 운동장 가운데로 가고 있는 마리의 뒷모습이 보인다. 겁먹거나 당황하는 모습은 별로 느껴지지 않는다. 때때로 하던 소방 대피 훈련 때와 별로 달라 보이지 않는 차분한 모습이다.

'와 저런 침착함이라니, 이런 게 바로 모범생의 위엄, 아니 포스일까? 잠깐 그럼 또 다른 범생이 오종이 녀석은?'

종훈은 마리가 안전한 것을 확인하자 다시 오종이 궁금해졌다. 오종이 겁먹고 허둥대는 모습을 보여 준다면 소원이 없겠다 싶었다.

'패닉에 빠져서 오도 가도 못 하고 그자리에서 덜덜 떨고 있으면, 기왕이면 오줌도 한 번 지리고, 그러면 정말 대박일 거다. 그

거 동영상 찍어 톡방마다 다 뿌리고 인스타에도 올리고, 페메로도 돌릴 거다. 까짓거 학폭으로 걸려도 좋다. 그냥 사과문 쓰고 말지 뭐.'

그런데 오종은 어디로 튀었는지 안 보인다. 운동장을 급속 스캔하던 종훈의 눈에 오종 대신, 운동장 가운데를 가로지르며 그어지는 검은 선이 들어온다. 저게 뭐지? 그림자인가?

자세히 보니 선이 아니다. 운동장이 갈라진 틈이다. 누가 10미터쯤 되는 커다란 곡괭이로 긁는 것처럼 운동장 가운데가 시커멓게 틈이 벌어지고 있다. 갈라진 틈은 금세 우둘투둘 톱날 같은 모양을 만들며 더 넓게 벌어진다.

운동장이 두 쪽으로 갈라지고 있다.

소름이 돋는다. 십여 년 전 일본에서 수만 명이 희생당했다는 대지진 사진에서나 본 모습이다. 그런 큰 틈이 눈앞에 만들어지다니. 누가 잠실은 지반이 약해서 언젠가 슈퍼 울트라 싱크 홀 생기면서 다 무너질 거라고 그러던데, 그게 오늘인가?

종훈의 눈이 반사적으로 학교랑 근처 아파트를 한 바퀴 돌아본다.

너무 멀쩡하다. 운동장이 쩍 갈라지고 있는데 학교 건물도, 주변 아파트도 다 멀쩡하다. 이게 말이 되나? 건물이 무너지고 사람들이 다칠 게 뻔한데 오직 갈라지는 것은 학교 운동장뿐이다.

학교 바깥에서는 사람들이 놀라거나 넘어지지도 않는다. 내진설계 따위 제대로 되어 있을 리 없는 1980년대에 지어진 낡은 학교 건물도 너무 멀쩡하다. 심지어 유리창 하나 깨지지 않는다. 오직 학교 운동장만 흔들리고 갈라지고 난리를 치고 있다.

"아악!"

갑자기 아이들의 째지는 비명이 들린다. 운동장이 갈라지며 만들어진 톱날 같은 틈이 하필이면 아이들이 모여 있는 곳을 향해 마치 도미노처럼 쩍쩍 벌어지며 달려가고 있다. 거대한 지퍼가 운동장을 부우욱 찢어 놓는 것 같다. 아이들이 비명을 지르며 갈라지는 틈을 피해 양쪽으로 갈라진다.

종훈은 엉뚱하게 올림픽 공원에 산책하러 나갔을 때 마주쳤던 시커먼 도베르만(아니 안 시커먼 도베르만도 있던가)을 떠올렸다. 입마개를 하고 있었음에도 이 녀석이 나타나자 의기양양하게 주인보다 앞서서 걷던 수많은 반려견이 슬슬 양쪽으로 갈라지던 모습. 지금 딱 그 모양이다.

도베르만 생각을 해서 그랬을까? 운동장을 갈라놓고 있던 틈에서 도베르만만큼 시커먼 형체들이 스멀스멀 기어 올라온다. 또 뭐지?

'무슨 가스관이라도 터진 건가? 설마 학교 밑에 유전이라도? 와, 그럼 우리 학교 부자 되겠네?'

이런 엉뚱한 생각이 떠올라 어이없는 헛웃음이 터진다.

애석하게도 유전은 아닌 모양이다. 형체들은 처음에는 안개 같은 모습이더니 운동장 위로 올라오자마자 점점 모양을 갖춰 가며 고체로 바뀌었다.

석유는 확실히 아니고, 그럼 석탄? 하지만 그것도 아니다. 그 형체들은 점점 동물 모양을 닮아 가고 있다.

검은 형체가 어느 정도 모양을 갖추자 종훈이의 턱이 덜덜 떨린다.

'뭐야, 거미잖아? 몸집이 사람만 한 거미네.'

종훈이 세상에서 제일 싫어하는 존재인 거미. 더구나 거미들 몸집이 종훈이보다 더 크다. 사람보다 큰 거미들이 꾸물꾸물 기어 나오고 있다.

거미는 시작에 불과했다. 그 뒤를 이어 더 흉악하게 생긴 것들이 밀려 나오더니 날개를 쩍 펼친다. 이번에는 사람보다 큰 몸집의 박쥐들이다. 배트맨이 아니라 그야말로 거대한 박쥐들이다. 거대 거미들이 징그러운 다리를 꿈틀거리며 기어 오고, 거대 박쥐들이 푸드덕거리며 운동장에 그늘을 만들며 날아오른다.

'이게 정말 현실이야? 이럴 수가 있는 거야? 설마. 꿈이겠지.'

"야 이종훈 너 진짜 폐인 됐냐? 정신 차려! 게임을 얼마나 쳐 하면 벌건 대낮에 이런 게 다 보이냐고?"

종훈은 일단 자기 뺨을 갈겨 본다. 그리고 눈을 감아 본다. 눈을 번쩍 뜨면 저것들이 제발 사라져 버렸기를 바라며 고개를 흔든다. 그리고 뺨을 몇 번 더 친 뒤 살금살금 눈을 뜬다.

하지만 모든 것이 그대로다.

당황하던 종훈에게 문득 꿈속에서 의자에서 굴러떨어지거나 높은 데서 떨어지거나 하면 현실 세계로 돌아온다던 영화가 떠오른다. 그 영화 제목이 뭐더라? 무슨 어려운 영어 단어였는데? 아 맞다. 〈인셉션〉. 한 번 시도해 볼 만하다. 종훈은 가만히 눈을 감고 그야말로 뒤로 나자빠져 본다.

그대로다. 아니 더 나쁘다. 괴물이 늘었다.

거대 거미, 거대 박쥐에 이어 이번에는 고릴라 같이 생긴 것들까지 튀어나왔다. 거미, 박쥐가 거대해진 만큼 고릴라 역시 그만큼 더 커졌다. 키가 2미터 훨씬 넘고 송곳니가 비죽 나온 얼굴을 한 것이 마치 고릴라와 저팔계를 섞어 놓은 것 같다. 딱 고릴팔계라고 부르면 맞는 모양이다.

끔찍하다. 저 고릴팔계 놈들, 무기까지 들고 있다. 길이가 3미터는 넘어 보이는 철봉에 반달 모양의 커다란 칼날과 뾰족한 창을 붙여놓은 모양이다. 삼국지 게임에서 봤던 여포의 극강 아이템, 방천화극이 딱 저렇게 생겼다. 스치기만 해도 팔다리가 잘릴 것 같고, 슬쩍 들이밀기만 해도 몸통이 뚫려 버릴 것 같다. 무시무시한 모양이다. 판타지 게임을 많이 한 종훈은 그 무기가 할버드(미늘창)라는 것을 안다.

괴물들로 모자라 할버드가 현실에서 튀어나오다니, 이건 틀림없는 꿈이다. 꿈도 아주 더러운 꿈이다. 그런데 너무 현실 같다. 아,

이럴 줄 알았으면 〈인셉션〉처럼 팽이라도 하나 준비해 놓을 걸 그랬다. 팽이가 계속 돌아가면 꿈, 이러게.

"말라! 말라!"

뭔 소린지 모르겠지만 저 고릴팔계 놈들이 대충 이렇게 들리는 소리를 지르며 손에 들고 있는 커다란 무기를 휘두른다. 말라인지 꽐라인지 하여간 시끄럽다.

한 마리. 두 마리. 세 마리. 고릴팔계가 점점 늘어나더니 마침내 열 마리가 되었다.

학생들이 찢어지는 불협화음의 합창을 부르며 이리저리 달리지만 어디 도망갈 곳이 없다. 거대 거미들이 마구잡이로 운동장 위를 달리고, 거대 박쥐가 마치 급강하 폭격기처럼 소리를 지르며 학생들 머리 위를 덮친다.

문제는 고릴팔계들. 열 마리를 채우자마자 빠르게 움직이며 도망가는 학생들을 쫓아간다. 저 몸집을 하고 어떻게 저렇게 움직이는지 신기하다.

날쌘 중학생들이지만 간단하게 목덜미를 붙잡혀서 덜렁덜렁 들려 올라간다. 학생들을 들어 올린 고릴팔계들은 다행히도 잡아먹을 생각은 없는 모양이다. 얼굴을 들여다보며 무엇인가 확인한 뒤 고개를 가로저으며 학생들을 땅바닥에 집어 던진다.

"마리엘! 마리엘!"

자세히 들어보니 고릴팔계들이 외치는 말은 말라가 아니라 마리엘이다.

"뭐 하는 분들인지 모르겠지만, 나가 주세요. 여긴 학교입니다."

'와, 대머리독수리가 용감하게 고릴팔계들 앞으로 나섰네. 늘 예의범절을 강조하더니 고릴팔계한테도 아주 정중하게 말하네.'

"마리엘, 에스트 비다?"

고릴팔계 중 제일 몸집이 커다란 놈이 고개를 숙여 대머리독수리를 향해 대충 이렇게 지껄인다. 한 음절 한 음절 말할 때마다 입에서 더운 바람이 훅훅 밀려 나오면서 얼마 남지 않은 생활지도부장의 머리카락이 나부낀다.

"뭐라 그러는지 전혀 알아듣지 못하겠습니다. 어쨌든 여기는 학교고, 일과 시간 중에 학교에 무단 침입하여 학생들에게 난폭한 행동을 하는 것은 아동청소년보호법 및 특수 공무집행 방해……."

'아이고, 저 답답한 선생님 같으니라고. 지금 이런 게 통할 상대라고 생각하나?'

종훈은 그만 눈을 질끈 감아 버렸다. 고릴팔계가 단숨에 할버드로 생활지도부장을 두 동강 내는 참사를 보고 싶지 않다.

이쯤 하면 상황이 어떻게든 정리 되었겠지 하며 다시 눈을 뜨자 두목 고릴팔계가 생활지도부장을 손등으로 툭 치는 모습이 보인다. 생활지도부장이 맥없이 공중으로 붕 날아간다.

아무리 별명이 대머리독수리라지만 스스로 날아갈 능력이 있을 리 없다. 그냥 맞아서 날아가는 것이다. 그러다 운동장 스탠드에

콱 처박혀 버렸는데, 그나마 다행인 듯하다. 안 그랬으면 얼마나 더 날아갔을지 모른다.

툭 친 것뿐인데 저 정도다. 저 고릴팔계들 힘이 엄청나게 세다.

생활지도부장이 스탠드에 고꾸라져 신음을 내며 꿈틀거린다. 그래도 살아는 있는 모양이다. 하지만 무척 아파 보인다. 굉장히 많이 다친 것 같다. 중학교 들어와서 처음이다. 생활지도부장이 불쌍하다는 생각이 다 들다니.

그나마 생활지도부장은 운이 좋았다. 고릴팔계들은 영장류라 딴에 이성적으로 행동하는 편이고, 거대 거미와 거대 박쥐는 딱 자기 종 수준에 맞게 행동했다. 거대 거미들은 아무나 닥치는 대로 할퀴고 물어뜯었다. 딱 스타크래프트 게임의 저글링이다. 거대 박쥐는 마치 급강하 폭격기처럼 째지는 소리를 내며 날아내려 와 아무나 잡아채어 아무 데나 집어던져 버린다.

거대 박쥐 두 마리가 신고받고 출동한 경찰차를 들고 하늘 높이 올라가는 모습이 보인다. 저놈들도 힘이 엄청나게 센 모양이다. 10미터쯤 되는 높이에서 경찰차를 그대로 떨어뜨려 버린다. 경찰차 부서지는 소리가 요란하다. 타고 있던 경찰관들이 무사하기를 바랄 뿐이다.

경찰차뿐이 아니다. 심지어 소방차까지 들려 올라갔다 요란한 소리를 내며 떨어진다. 만약 군대가 출동하면 탱크까지 집어 던질 판이다. 아파치 헬기, 아니 F22 전투기가 와도 저 괴물들한테는 어떻게 안 될 것 같다.

　운동장은 온통 피를 흘리며 꿈틀거리는 아이들, 비명을 지르며 우는 아이들, 심지어 꿈틀거리지도 않는 아이들로 가득하다. 종훈은 꿈틀대지 않는 아이들이 다만 기절한 것이기만을 바랄 뿐이다. 다른 생각은 떠올리기도 끔찍하다.

　그런데 생각해 보니 이상하다. 지금 종훈은 도망치지 않고 있다. 우뚝 서서 이 모든 장면을 눈을 부릅뜨고 보고 있다. 어떻게 된 노릇인지 전혀 겁이 나지 않는다. 오히려 화가 난다. 찢기고 내던져지는 아이들을 보니 화가 치밀어 오른다. 너무 화가 치밀어 올라 저 괴물들에게 달려들고 싶어 몸이 움찔움찔한다.

　무슨 게임 광고에서 봤던 아드레날린이라는 단어가 생각난다. 만약 아드레날린이 있다면 지금 종훈의 몸, 아니 뇌 속에서 용솟음치고 있을 것이다.

　바로 그때 거대 거미들이 우르르 몰려가는 꼭짓점에 어쩔 줄 모르는 모습으로 서 있는 마리의 모습이 보인다. 그 순간 종훈의 머릿속에서 아드레날린이 버섯구름을 일으키며 폭발한다.

　'아니, 마리 혼자 있다고? 오종이 녀석은?'

　저런 한심한. 마리를 팽개치고 교문 밖으로 도망치는 이오종의 처참한 뒷모습이 포착된다.

　'아, 저걸 인라방(인스타그램 라이브 방송) 해야 하는데, 이 난리 통에 휴대전화가 어디로 갔는지 잡히지도 않네.'

"마리엘!"

이번에는 거미들의 뒤를 이어 고릴팔계들도 일제히 이 말을 외치며 마리를 향해 달려든다.

"야, 이 더러운 몬스터들!"

종훈도 있는 힘껏 소리를 지르며 그 뒤를 쫓는다. 그런데 이게 웬일인가? 달리는 속도가 너무 빠르다. 지금 50미터 달리기를 재면 5초도 안 될 것 같다. 종훈의 최고 기록은 8초인데 말이다.

당연히 고릴팔계들과의 거리가 빠르게 좁혀진다.

일단 쫓아서 달려가기는 하지만 막상 따라잡고 나서가 문제다. 뭘 어떻게 하지? 다리를 걸까? 뒤통수를 때릴까? 키가 3미터 가까이 되는 것들 뒤통수를 어떻게 때리지? 등을 잡고 기어 올라가? 맞서 싸워? 저 커다랗고 흉측한 괴물들과?

아직도 정신을 못 차리고 운동장 스탠드에 축 늘어져 꿈틀거리는 생활지도부장의 대머리의 반짝임이 "-.. --- -. .----. - / --. ---"라는 신호를 계속 보내는 것 같다. 그건 또 무슨 영화였지? 〈인터스텔라〉? 이게 맞는지는 모르겠지만 하여간 '가지 말라'는 뜻의 모스 부호다.

'하지 마, 도망쳐.'

이번에는 종훈의 마음속에서 누군지 알 수 없는 목소리가 외친다. 마음속에서 들리는 목소리니 양심의 소리라고 해야 할까? 하지만 마리를 모른 척 버려두고 살길을 찾으라는 것을 양심의 소리라고 부를 수는 없다.

그럼 뭘까? 생존 본능의 소리? 생존 본능이 계속 외친다.

"대체 이게 뭐 하는 짓이냐고? 맨주먹 맨손에 이 저질 체력으로 뭘 어쩌자고?"

하지만 마리를 버려둘 수 없다. 절대 그럴 수 없다.

"에잇, 어어!"

마리 생각을 하며 힘차게 운동장을 박찬 종훈의 입이 떡 벌어진다.

날아오르고 있다. 눈앞에 고릴팔계 뒤통수가 아니라 하늘과 학교 건물이 그려 내는 스카이라인이 쏟아진다.

'여긴 또 어디인가, 나는 또 누구인가?'

아래를 슬쩍 보니 5미터, 아니 10미터는 될 것 같은 높이다. 이대로 떨어지면 발목 골절은 물론 무릎 아니 골반까지 가루가 될 것 같다. 그런데 이상하다. 이 정도 높이에서 떨어져도 다치거나 아플 것 같지 않다는 이유 모를 자신감이 가슴을 채운다. 느낌이 웅장하다. 다만 이 상태로 떨어지면 고릴팔계 무리 가운데로 떨어져 할버드에 마구 찍혀 급식 때 나왔던 함박스테이크 패티가 될 각이다.

'으윽, 생각만 해도 소름 끼친다.'

하지만 날개 없는 사람의 몸. 결국 내려갈 수밖에 없다. 종훈은 밑져야 본전이라는 생각에 고릴팔계 한 놈의 머리를 목표로 하강

한 뒤, 그 머리에 발을 딛고 다시 한번 점프했다.

그러자 몸이 쭉 솟구치며 단숨에 눈앞에 하늘이 파랗게 펼쳐진다. 이번에는 아까보다 훨씬 높아서 학교 옥상하고 눈높이가 얼추 맞춰졌다. 잠깐이지만 높은 곳에서 들이마시는 공기가 너무 시원하고 상쾌하다.

그리고 이어지는 쏜살같은 하강. 종훈은 순식간에 마리를 향해 달려가는 고릴팔계 무리와 마리 사이를 딱 가로막고 섰다. 학교 옥상 높이에서 뛰어내린 셈이지만 발목 골절은커녕 발가락 하나 아프지 않다. 그냥 체육 시간에 허들 넘는 정도 충격이 느껴질 뿐이다.

하지만 신기해할 틈이 없다.

"마리엘!"

놀랄 틈도 없이 고릴팔계 중 제일 앞장선 놈이 할버드를 들고 달려든 것이다. 아까 생활지도부장을 집어던졌던 바로 그놈이다.

"저리 꺼져! 트아아아아!"

종훈은 자기 목청이 이런 엄청난 크기의 포효를 할 수 있다는 사실에 놀라며 할버드를 휘두르는 녀석의 손목을 잡았다.

그 순간, 이게 웬일인가? 종훈이 손이 태어나서 처음 해 보는 기묘한 동작을 한다. 그러자 농담처럼 그 거대한 고릴팔계가 공중으로 높이 솟구치더니 저만치 나가떨어졌다.

이런 동작은 배우기는커녕, 영화나 만화에서도 본 적 없다. 이게 뭐지?

"어어어?"

이번에는 발이 움직일 차례인가 보다. 어느새 종훈의 다리가 쭉 뻗어 올라가더니 머리보다 훨씬 높은 위치까지 발을 밀어 올리고는 그대로 뒤꿈치로 또 다른 고릴팔계 한 녀석의 정수리를 내리찍는다.

"꾸억."

고릴팔계의 눈동자가 풀리면서 흰자위를 드러내더니 그자리에 풀썩 쓰러진다.

말도 안 된다. 종훈은 허리 숙여 땅바닥도 제대로 짚지 못하는 저질 유연성의 소유자다. 온종일 좋지 않은 자세로 의자에 앉아 게임이나 하고 운동이라고는 1도 안 하니 당연한 결과다. 팝스 검사 때도 유연성에서 +20센티미터라는 차마 중학생이라고 보기 어려운 기록이 나왔다. 그렇다고 근력이나 순발력이 뛰어난 것도 아니고.

그런 종훈이 지금 발이 머리보다 높이 솟구치는 건 우습고, 방금 정수리를 찍은 고릴팔계 다음에 따라오던 녀석을 하이킥, 미들킥, 돌려차기 이렇게 연거푸 세 번이나 걷어차고 있다.

1초도 안 되는 시간에 발차기가 세 번? 그것도 공중에 뜬 상태에서? 마치 '철권' 캐릭터가 현피한 것 같다. 더구나 종훈이의 발차기가 적중할 때마다 고릴팔계의 갑옷에 금이 쩍쩍 가더니 요란한 비명과 함께 그자리에 픽 쓰러진다.

'레알? 발차기로 갑옷을 부순다고? 발가락이 부러지는 게 아니고?'

도저히 납득이 안 간다. 엄청난 스피드며, 점프며 기묘한 손동작이며 풍차같이 휘둘러 대는 발차기며. 어린아이나 고양이가 소원 충족몽을 꾼다는데. 설마 꿈이겠지? 진짜 꿈이겠지?

하지만 종훈에게는 궁금증을 해소할 틈이 없다. 나머지 고릴팔계들과 거미 괴물들, 박쥐 괴물들이 마치 깔때기로 흘러내리는 물처럼 종훈을 향해 몰려오고 있다.

"메르하바르!"

제일 앞에 오던 고릴팔계가 종훈이를 향해 손가락질하며 소리친다. 그러자 다른 고릴팔계들도 일제히 소리친다.

"메르하바르!"

"메르하바르 인 올두 이르두 마리엘 바리루!"

저건 또 뭔 소리람? 메르하바 뭐 어쩌고, 마리엘 저쩌고 하는 것은 아까도 나왔던 말이고. 일종의 욕인가? 깊이 생각할 필요 없다. 한 가지 확실한 것은 종훈이 지금 심각한 위기라는 것이니까. 아무리 영문 모를 발차기 기술을 장착했다지만 맨몸으로 칼 아니 할버드를 든 고릴팔계 여러 놈을 상대할 수는 없다.

무기가 필요하다. 종훈은 급히 고개를 두리번거리며 뭔가 잡고 휘두를 것을 찾았다. 아까 쓰러뜨린 고릴팔계가 떨어뜨린 할버드가 눈에 들어온다. 시간이 없다. 기회는 단 한 번이다.

하지만 쉽게 손이 가지 않는다. 저 흉측한 무기는 길이 3미터가 넘는 철봉에 커다란 날이 붙어 있다. 그렇다면 적어도 30킬로그램, 어쩌면 50킬로그램도 넘을지 모른다. 만약 저걸 집었다가 너무 무거워 휘두르지 못한다면? 바로 패티 신세다. 하지만 맨손으로 버텨 봐야 역시 결과는 패티다.

그렇다면 뭐라도 잡고 한 번 휘둘러 보는 편을 선택할 수밖에. 그런데 막상 집어 들고 보니 손에 착 감긴다. 무겁다는 느낌도 전혀 없다. 혹시 모양만 그럴듯한 소품인가 싶은 생각에 땅바닥을 찍어 본다.

쿠쿵.

묵직한 소리가 나며 운동장이 흔들린다.

"우어어어."

그 쿵 소리가 무슨 출발 신호라도 되는 양 고릴팔계 세 마리가 뭐라고 하는지 알아들을 수 없는 소리를 지르며 달려든다. 그 긴 팔로 3미터가 넘는 할버드를 마구 휘두르는데, 한 번 스치기만 해도 그대로 두 동강 날 것 같다.

평소의 종훈이라면 손을 머리에 얹고 엎드리거나 그대로 기절해 버릴 상황이지만, 오히려 뭔가 의욕이 솟구친다.

'그런데 이걸 어떻게 쓰더라? 그냥 막 휘두르면 되는 건가?'

문득 종훈은 슬라디넬라 게임에서 기사 캐릭터들이 사용하던 할버드 기술을 떠올렸다. 마법사 유마리로 갈아타기 전에 기사 이종훈으로 플레이했기 때문에 어떤 기술들이 있었는지 금방 떠오른다.

'잠깐, 몸이 두 토막 날지도 모르는 상황에서, 어디 도장에서 배운 것도 아니고 (하긴 도장을 다닌 적이 없다) 무려 게임에서 익힌 기술로 싸우겠다고?'

그런데 그게 전혀 이상하게 느껴지지 않는다.

"하프 문 슬레이!"

종훈은 게임에서 하는 것처럼 기술 이름을 크게 외치며 게임에서 봤던 동작을 흉내 내어 할버드를 휘둘러 본다. 느낌이 좋다. 기술 이름을 외치니까 무슨 단축키 누른 것처럼 몸이 저절로 움직인다.

휘두르기는커녕 밑에 깔려 캑캑거려야 할 정도로 무거운 할버드가 가볍게 반원을 그리며 아무 저항감 없이 부드럽게 공기를 가른다.

어느새 종훈은 거대한 고릴팔계들 사이에서 사람 키 두 배쯤 되는 할버드를 바람개비처럼 휘두르며 싸우는 자기 모습을 발견한다. 무게도 느껴지지 않고 저 거대한 고릴팔계의 공격을 막아 내는데도 아무런 부담이 없다.

'어, 이거 정말 되네.'

자신감이 생겼다. 그렇다면 어디 필살기를 한 번 써 보자.

"크리티컬 어택, 윈드밀 토네이도!"

종훈은 슬라디넬라 게임에서 기사나 전사 캐릭터가 사용하는 최강의 필살기 이름을 기합처럼 외쳤다. 그러자 이름 그대로 할버드가 풍차처럼 돌아간다. 물론 할버드가 저 혼자 돌아가는 것이 아니고 종훈이 돌리는 것이지만, 종훈은 도무지 이게 자기 팔이 하는 일처럼 느껴지지 않는다.

어쨌든 종훈을 중심으로 반경 3미터가 칼날의 회오리바람으로 둘러싸인다. 종훈은 그 회오리바람을 몰고 천천히 고릴팔계 무리 속으로 들어간다. 순식간에 고릴팔계 세 마리를 해치웠다.

평소 정육점 앞도 똑바로 못 지나가는 종훈이다. 이렇게 피가 튀는 상황이라면 바로 토하고 주저앉거나 기절했어야 했다. 그런데 아무 느낌이 없다.

종훈은 태연하게 칼날을 흔들어 피를 털어낸 뒤 고릴팔계 무리, 거미들, 박쥐들을 노려보며 마리 앞을 떡 하니 가로막고 버틴다.

이런. 갑자기 이 시점에 윈드밀 토네이도가 HP(체력)를 많이 소진하는 기술이라는 생각이 떠오른다. 이 기술은 파괴력은 엄청나지만 한 번 사용하고 나면 회복 시간이 필요하고, 그래서 옆에서 성직자가 회복 주문을 계속 걸어 주면서 사용해야 하는 기술이다.

'설마, 이런 것까지 게임하고 똑같지는 않겠지?'

혹시나 해서 할버드를 다시 한번 휘둘러 본다.

"아이고!" 소리가 절로 난다. 아까까지는 전혀 느껴지지 않던 수십 킬로그램 쇳덩이의 무게가 새삼스레 느껴진다. 휘두르기는커녕 버티고 서는 것도 쉽지 않다. 여기서 조금만 힘을 더 썼다간 할버드를 놓칠 것 같다.

종훈은 힘 빠진 티를 내지 않으려고 눈을 부릅뜨고 이제 얼마 안 남은 괴물들을 노려본다. 고릴팔계 두 마리, 거미 여섯 마리, 박쥐 두 마리.

힘이 다 빠질 만도 하다. 하늘을 붕붕 날고, 바람개비처럼 발차기를 돌리면서 공중제비를 돌고, 수십 킬로그램짜리 쇳덩이를 풍차처럼 돌리면서 자기보다 두 배 이상 되는 몸집의 괴물들을 저렇게나 많이 쓰러뜨렸으니. 평소 종훈이 체력이라면 이미 한참 전에 심장마비로 저세상 가고도 남았을 운동량이다.

땀에 푹 젖어 버린 종훈은 할버드 자루를 지팡이 삼아 가쁜 숨을 헉헉 내쉰다. 땀이 흘러내리다 못해 김이 모락모락 올라온다.

그나마 다행인 것은 남아 있는 괴물들이 "메르하바르!"라고 외치기만 할 뿐 감히 다가오지 못한다는 것이다. 잔뜩 겁먹은 모양이다.

그나저나 저 '메르하바르'라는 말은 또 뭐지? 아까부터 저놈들이 마리엘 아니면 메르하바르라는 말만 반복하고 있다. 일단 마리엘은 마리와 관계있는 것 같고, 메르하바르는 종훈과 관계있는 것 같다.

그러는 동안 상황은 점점 나빠지고 있다. 저놈들이 겁먹은 모습으로 가만있는 것이 아니라 천천히 포위망을 좁혀 오는 것이다. 와

아 하고 한꺼번에 달려드는 것보다 더 기분 나쁘다. 마치 모래시계처럼 목숨이 스르륵 빠져나가는 것 같은 느낌이다.

4미터. 3미터. 점점 녀석들이 가까워진다. 종훈의 최후도 다가온다.

영화 아니 만화 같은데 보면 이럴 때 "타아!" 소리를 내며 최후의 돌격을 하는데, 서 있는 것도 버거운 지금 종훈의 최후는 그런 장렬한 것과는 거리가 멀다. 아무래도 가만히 서 있다 단칼에 두 동강 나는 참으로 볼품없는 최후가 될 가능성이 크다.

'아, 이게 죽는 건가? 이렇게 끝나는 건가? 내가 죽으면 마리는 어떡하지?'

종훈은 태어나서 처음으로 '죽음'이라는 단어를 느껴 본다. 한 번도 이 단어가 자신과 연결될 것으로 생각해 보지 못했다. 그저 앵앵거리며 귀찮게 구는 모기를 때려잡을 때나 쓰는 말인 줄 알았다. 그런데 이게 이렇게 3미터 앞까지 다가올 줄은 몰랐다.

죽음까지 3미터. 무슨 영화 대사 같다.

그런데 이상하다. 너무 담담하다. 그냥 아, 이런 건가 싶다. 잠깐 스쳐 가는 세상, 이렇게 왔다가 픽 하고 가는 거지 뭐 이런 노인네 같은 생각까지 든다.

뭐지 이 허무한 태도는? 억울하지도 슬프지도 무섭지도 않다. 그래도 기왕이면 찔리거나 베일 때 좀 덜 아팠으면, 그리고 가능하면 단칼에 숨이 끊어졌으면 하는 희망을 품어 본다.

잠깐, 무작정 이렇게 기다리고 있을 일이 아니야. 점점 암담해지던 종훈이 머릿속에서 잉걸불 같은 묘안이 번뜩 떠오른다.

꼭 죽는 게 아닐 수도 있다. 세상이 꼭 게임처럼 돌아가고 있으니, 죽는 것도 게임 룰이 적용되는 것은 아닐까? 그러면 괴물들한테 당하더라도 소생마법이나 경험치 좀 깎이고, 골드 왕창 쓰면 다시 살아날 수 있는 것은 아닐까? 어차피 이 저질 체력이 윈드밀까지 할 수 있는데, 소생이라고 안 될까?

'망했다. 골드도 없고, 성직자도 없다. 생명의 물약, 소생 스크롤, 다 없네. 그런데 지금 이게 뭐 하는 거야? 왜 이렇게 진지한 거야? 너 지금 제정신이야?'

문득 종훈은 이 상황에 몰입하는 자신을 발견한다. 한심하다.

'팽이가 돌건 말건 이건 꿈이다. 꿈일 수밖에 없다. 이게 지금 말이 되는 상황이냐고? 무슨 괴물에, 할버드에 윈드밀이냐고? 내가 무슨 기사야? 여기가 슬라디넬라야? 여긴 서울이야. 서울하고도 송파구. 저기 한강하고 롯데몰 타워가 안 보이냐고?'

게임중독 예방 교육인가 뭔가 할 때 중독의 네 가지 요소 중에 현실감각 상실인가 뭔가 하는 게 있었던 기억이 난다. 그래 딱 그거다. 게임에 중독되어 뽕 맞은 것처럼 헛것이 보이는 거다. 현실이 붕괴되고, 현실과 게임이 막 섞인 거다. 한마디로 폐인 된 거다. 그러니까 좀 깨자. 저 괴물은 실재하지 않는다. 저 칼에 베이면 죽는 게 아니라 현실 세계로 돌아가는 거다.

종훈은 마치 주문처럼 "이건 현실이 아니야."를 외친다. 하지만 아무리 주문을 외워도 눈앞의 풍경은 바뀌지 않는다.

2미터.

이제 고릴팔계가 휘두르는 할버드가 사정거리 안으로 다가온다. 아무리 저기 베이면 현실로 돌아간다고 생각해도, 눈앞에서 칼날이 번쩍거리는데 태연히 목을 내밀기는 어렵다.

'비겁하게 굴지 말고 받아들여.'

마음속에서 기사 이종훈이 학생 이종훈의 뺨을 갈기며 말한다.

'너무 비겁하잖아? 마리가 보는 앞에서. 오종이 녀석 꽁지가 빠지게 도망갈 때는 보란 듯이 하늘을 붕붕 날아다니면서 고릴팔계들을 마구 썰어 대며 우쭐했잖아? 그런데 이렇게 불리해지니까 벗어나고 싶다고 징징거려? 즐겼으면 당연히 그 값을 치러야지. 마리 앞에서 장렬한 최후를 맞이하는 거, 그것도 그렇게 나쁘지 않잖아?'

'아놔, 이게 무슨 개소리야?'

이번에는 학생 이종훈이 기사 이종훈의 턱에 주먹을 꽂아 넣는다. 하지만 기사 이종훈은 얼굴이 살짝 돌아갈 뿐 아무런 느낌도 없는 모양이다. 그래도 학생 이종훈이 계속 말한다.

'난 학생으로 돌아갈 거야. 난 기사 따위 하고 싶지 않다고. 무섭다고. 누가 이딴 거 하고 싶다고 했어?'

진심 킹 받는다. 기도라도 하고 싶다.

"하느님인지 하나님인지 하여간 높으신 님. 제발 이 황당한 상황 끝내고 현실을 돌려주세요. 그럼 앞으로 게임 좀 작작 할게요."

종훈이 입에서 정말로 기도 비슷한 말이 쏟아져 나온다.

'하이킹 때 길을 잃으면 일단 처음 헷갈린 지점까지 되돌아가서 다시 찾아야 합니다.'

이게 뭐지? 난데없이 초등학교 때 수련회에서 만난 빨간 모자 교관이 나타나 무게를 잔뜩 잡고 말한다.

뜬금없이 이게 왜 생각나는 걸까? 어쩌면 이게 기도에 대한 응답이 아닐까? 유레카! 그러니까 대체 어디서부터 현실이 꼬였는지 시간을 되짚어 보라는 뜻이렸다.

종훈이의 머리가 단서를 찾기 위해 부지런히 기억 회로를 뒤진다.

오늘 아침. 별 기억이 없다.

그럼 어젯밤. PC방. 라면 국물 쏟아서 교복, 체육복 다 버린 것까지 기억 나고. 그다음에는? 짐 싸서 PC방 나왔는데. 그리고 그다음엔?

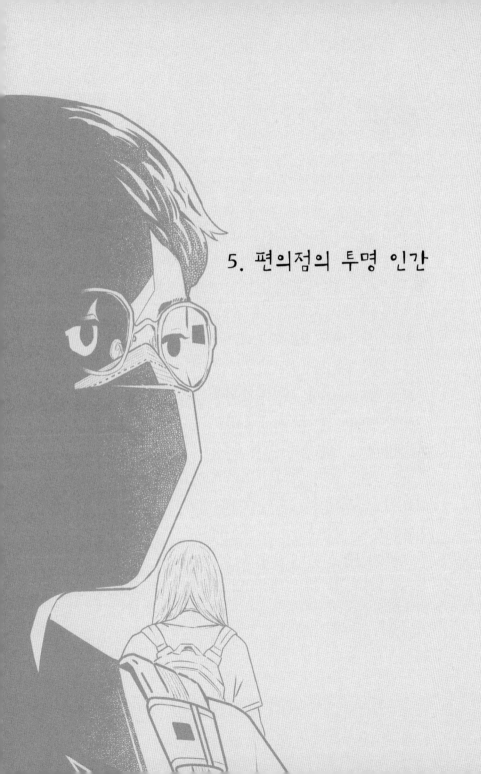

5. 편의점의 투명 인간

　종훈이 PC방에서 막 나가는 중이다. 가방이며 바지며 대충 닦
았지만 여전히 라면 국물의 잔해가 얼룩덜룩 남아 있는 가방이 어
깨에 매달려 있다. 영 보기 안 좋다.

　"미안하다. 그래도 법은 법이니까 감정적으로 받아들이지 마. 안
그래도 자리 반은 비워 놓고 손님 받아 겨우 먹고 산다 야. 아청법
으로 과태료에 영업정지까지 먹어 봐라. 바로 한강행이다. 에구, 여
기서 한강이 참 가깝기도 하지. 올림픽대교 갈까요? 잠실대교 갈까
요? 차라리 럭셔리하게 마포대교 갈까요?"

　주걱 형이 농담인지 진담인지, 호소인지 조롱인지 모를 이상한
말을 이상한 노래까지 곁들이며 나름 위로라고 하지만 미안함이
전혀 느껴지지 않는다.

　"관둬, 진심이 느껴지지 않아."

　"작년보단 낫잖아? 애들 들여보내 주는 게 어디야? 고맙게 생각
하고 그만 집에 가라. 국물 엎은 건 미안하고."

　듣고 보니 주걱 형 말도 맞다. 그동안 정부는 확진자 늘었다 하

면 '노래방, PC방 청소년 출입 금지'부터 시키곤 했으니까.

그런데 지금 생각해 보면 그때 왜 그랬나 싶다. 하루 확진자 30명만 나와도 여기고 저기고 다 틀어막던 게 엊그제 같은데, 이제는 하루 확진자 10만 명이 안 된다고 코로나의 끝이 보인다고 떠들어 대고 있다.

PC방이 왜?

노래방은 그런대로 이해된다. 노래방은 입 벌리고 침 튀기는 곳이니까. 하지만 각자 자기 칸막이 안에서 입 꾹 닫고 모니터만 몇 시간씩 보다 가는 PC방이 왜 위험 시설로 찍혀서 걸핏하면 문을 닫아야 하는 거야? PC방이야말로 오히려 코로나 안전지대 아닐까? 서로 마주 보지도 않고, 할 말 있으면 바로 옆에 있는 친구하고도 채팅만 하지 입 열고 말할 일이 없는 곳인데?

그래서 질병관리청장이라는 머리 희끗희끗한 아줌마가 나와서 방역이 어쩌니, 사회적 거리두기가 저쩌니 말할 때마다 종훈은 이렇게 물어보고 싶었다.

"저기요, PC방 한 번 와 보기는 하셨나요? 와서 같이 게임 한 판 하실래요? 솔직히 PC방보다 학교, 학원이 더 위험한 거 아닌가요? 학교는 어떻게든 보내려고 하고, 학원은 10시까지 열어도 된다고 하면서 PC방은 어떻게든 닫으려고 하고. 이거 너무 말이 안 된다고 생각 안 하세요?"

하지만 막상 종훈이 큰맘 먹고 청와대 청원게시판에 이런 글을 쓰려고 할 때 PC방 출입이 풀렸다. 하루 확진자가 작년 열 배가 넘지만 하여간 열었다. 덕분에 아쉬운 대로 이렇게 다니고 있다.

PC방에서 나오니 발끝을 어디로 둘지 모르겠다.

집에 가긴 가야겠지만 아직 10시도 안 되었는데 PC방에서 바로 집으로 가는 건 억울하다.

학원은 땡땡이쳤지만 그래도 학원 끝난 애들이 와글와글하기 시작하는 시간에 맞춰 집에 들어가야 뭔가 하루가 정리되는 맛이 난다. 어차피 집에 가 봐야 누구 하나 기다리고 있는 사람도 없고.

PC방은 나왔고, 어디 가서 게임 할 곳도 없고, 게임 안 하면 달리 할 것도 없고 어디 딱히 갈 곳도 없는 종훈이 신세다. 바로 그때 아랫배가 꿀렁꿀렁 묘한 경련을 일으키더니 꼬르륵 소리를 낸다. 덕분에 우왕좌왕하는 종훈의 상황이 말끔히 정리되었다. 뭐라도 먹자.

먹는다는 말을 떠올리기 무섭게 게임 한창 하고 있을 때는 전혀 느껴지지 않던 허기가 밀물처럼 밀려왔다. 그러고 보니 아까 먹다 말다 절반은 엎어 버린 그 컵라면 말고 거의 열 시간이 지나도록 딱히 먹은 게 없다.

아무리 체격이 호리호리하고 저질 체력이라도 종훈은 명색이 중학생. 급식 먹고 돌아서면서 "배고파"라고 말하는 나이다. 열 시간 단식? 있을 수 없는 일이다.

종훈이 머릿속은 컵라면으로 가득 찼다. 너무 당연한 모습으로 발걸음이 편의점을 향한다.

띠보, 띠보.

전자 벨? 신형인가? 하지만 종훈은 편의점 문 여닫을 때 나는 딸랑딸랑하는 종소리가 더 좋다. 아니면 아예 스르륵 여닫히는 자동문. 학교에서 반나절 동안 수십 번 듣던 전자 벨을 이 밤중에 또 듣는 게 너무 싫다.

그런데 이건 또 무슨 시추에이션? 벨이 저렇게 울리는데도 반응이 없다. 아무도 없나?

그건 아닌 것 같다. 계산대에 주인인지 직원인지 모를, 혹은 형인지 아저씨인지도 모를 누군가가 있다. 퍼런 조끼를 입고 있으니 편의점 일을 보는 사람이 틀림없다. 하지만 그 형인지 아저씨인지 모를 퍼런 조끼 사나이는 고개를 푹 숙인 채 전자 종소리가 나는 쪽으로 눈길 한 번 던지지 않는다.

우렁차고 씩씩한 목소리로 "어서 오십시오!" 이러면서 인사하는 건 기대도 안 한다. 당장 종훈부터 학교에서 선생님들한테 그런 식으로 인사하지 않는다. 눈이 마주치거나 하면 하는 수 없이 고개만 까딱하고, 웬만하면 눈 안 마주치고 슬쩍 지나칠 뿐이다. 나중에 편의점이나 음식점에서 알바하더라도 손님 들어올 때마다 "어서 오십시오."라고 우렁차게 인사하지는 않을 생각이다. 혹시 최저 시급보다 돈을 더 준다면 친절하게 인사할지 생각해 보겠지만.

하지만 인사는 안 해도 손님이 오면 쳐다보기는 할 것 같다. 손님이 왔는데 이렇게 그 존재마저 씹어 버리는 건 고객 응대를 떠나 사람으로서 기본이 안 된 거다.

하지만 저 아저씨(기분이 나빠진 종훈은 그냥 아저씨로 확정했다.)는 종훈이 들어와 진열대 사이를 돌아다니는데 속눈썹 한 가닥 움직이지 않는다. 보통 직원은 손님이 진열대 사이를 어슬렁거리기 시작하면 "뭐 찾는 거 있으세요?" 하고 물어보기는 한다. 예의 때문이 아니라 혹시 도둑질이라도 할까 봐 의심해서라도.

그런데 저 아저씨는 예의는커녕 의심하는 태도조차 보이지 않는다. 한마디로 종훈을 투명 인간 취급한다.

투명 인간이라는 말이 떠오르는 순간 종훈은 상복부에서 뭔가 왈칵하고 올라오려는 것을 억지로 가라앉힌다.

'여기서도 투명 인간?'

안 그래도 종훈은 학교에서도 집에서도 투명하다. 학교에서는 선생님들 눈에 잘 들어오지 않는 타입의 학생이다. 어쩔 수 없다. 그건 본인도 인정하는 것이니까. 그저 담임 선생님만 종훈을 알아볼 뿐, 다른 교과 선생님들은 이렇게 생긴 학생이 수업 시간에 있었구나 정도로만 기억하고 이름도 모르고 개별적인 특성 같은 것도 모른다. 그나마 국어나 수학같이 일주일에 네 번씩 만나는 과목 이야기고, 일주일에 한 번 만나는 중국어, 정보 이런 과목 선생님들은 길에서 만나도 아예 모르고 지나칠 가능성이 크다.

학교라는 곳이 원래 그렇다. 공부를 아주 잘하든가, 붙임성이나 애교가 많든가, 아니면 차라리 공부를 아주 못해서 특별한 배려의 대상이 되든가, 정 안 되면 못 말리는 사고뭉치라도 되어야 얼굴을 알릴 수 있는 곳이다. 종훈은 그 어디에도 속하지 않는다. 그저 서울 시내 중학교마다 수백 명씩 있기 마련인 성적은 중하위권에 속하면서 특별히 사고 치지도 않고, 그냥 별 탈 없이 학교 왔다 집에 갔다 하는 그런 학생 중 하나다.

더구나 학생이고 선생이고 따질 것 없이 벌써 3년째 서로 마스크 쓴 얼굴밖에 못 봤다. 아무리 기억력이 좋은 선생님이라도 얼굴을 3분의 1만 드러낸 상태에서 기껏 일주일에 45분, 90분 보는 학생을, 그것도 백 명이 넘는 학생을 다 기억한다는 것은 불가능한 일일 것이다. 게다가 아무런 개성도, 특성도 없는 종훈의 얼굴과 이름이 기억될 확률은 1퍼센트도 안 될 것이다.

종훈은 친구들 사이에서도 별로 존재감이 없다. 친구들 사이에서 존재감이 있으려면 공부를 잘하거나, 운동을 잘하거나 아니면 유머 감각이 있어야 한다. 하지만 종훈에게 다 해당 없는 이야기다. 게임을 많이 하기는 하지만 강윤 같은 고수도 아니다.

핵인싸 유마리 남친 시절에는 그나마 관심의 대상이 되었다. 관심보다는 일종의 호기심, 신기함, 아무튼 그런 것. 누구보다도 선생님들이 관심이 많았다. 초등학교 입학한 이래 선생님들의 관심을 가장 많이 받았던 시기가 유마리의 남친 시기였다.

"뭐? 유마리한테 남친이 다 있어? 아니, 뭐라고? 쟤라고?"

그래 봐야 대충 이런 반응이었지만. 물론 종훈은 바보가 아니다. 그 뒤에 숨겨진 말이 뭔지 모르지 않았다.

'마리가 너무 아깝다.'

알아도 기분 나쁘지 않았다. 종훈이 자신도 그렇게 생각하고 있었으니까. 종훈의 눈에 마리는 경이로웠고 종훈은 마리를 '추앙했다'. 그 많은 수행평가를 하나도 빠짐없이 날짜에 맞춰 착착 완성해 내는 것도 경이로웠고, 그 많은 과목의 그 많은 내용을 남김없이 기억하고 척척 대답하는 것도 추앙할 만했다. 경이롭다는 단어도 마리한테 배운 거다. 전 같았으면 그저 '쩐다, 개쩐다'라고 표현했을 것이다.

덕분에 종훈은 시험 기간이 세상에서 제일 즐거운 시간이 되었다. 그렇다고 평강공주 효과가 발휘되어 공부를 열심히 하게 된 것은 아니다. 마리가 시험공부를 카페에서 같이 하자고 했기 때문에 본의 아니게 데이트 시간이 길어져서 좋았을 뿐이다.

카페에 같이 가 봐야 마리가 열심히 공부하는 모습 보는 것밖에 할 일이 없지만 오히려 그래서 더 즐거웠다. 평소에도 예쁜 마리지만 공부할 때는 두세 배 더 예쁘다. 그 또랑또랑한 눈동자가 몇 곱절 더 반짝인다. 그렇게 교과서와 공책을 뚫어지게 바라보는 마리와 그 마리를 넋을 놓고 바라보는 종훈의 조합은 어느새 카페의 명물이 되었다.

그랬던 마리가 이제 와서 종훈을 투명 인간 취급한다. 마리마저 투명 인간 취급하면 종훈의 존재는 더 이상 차지할 자리가 없다. 그렇게 종훈은 학교에서 완전히 투명해지고 말았다.

집에 들어와도 투명하다. 종훈은 집에 있는 시간 대부분을 혼자 보낸다. 그러니 존재감 자체가 의미가 없다. 봐 줄 사람이 없으니 투명, 불투명을 따지는 것 자체가 아무 의미 없다.

그렇다고 종훈의 가정에 문제가 있다거나 한 것은 아니다. 종훈의 부모님은 두 분 다 멀쩡히 잘 계신다. 또 종훈이 보기에 두 분 사이도 나쁘지 않다. 두 분 다 종훈을 사랑하고 또 관심도 많다. 다만 요 몇 년 사이에 너무 바빠졌을 뿐이다.

부모님은 동대문에서 의류 가게를 하신다. 도매점인지 소매점인지는 모르겠다. 종훈이 눈에는 소매점처럼 작지만, 이야기하는 거 들어보면 아마 도매점일 것이다.

문제는 종훈이네 부모님의 출퇴근 시간이 다른 부모님과 정반대라는 것. 두 분은 밤 9시에 출근해서 빠르면 새벽 5시, 늦으면 아침 7시가 넘어야 퇴근한다. 형제자매가 없는 종훈은 결국 밤새 집에 혼자 있어야 한다.

원래부터 이러지는 않았다. 초등학교 때까지만 해도 주로 아빠 혼자 출근했고, 주문이 폭주하는 날만 엄마까지 출근했다. 어쩌다 한 번 부모님이 다 집에 없는 밤은 오히려 신나는 날이었다. 해방감도 느껴지고 그랬다. 하지만 코로나19 때문에 중국 상인과 대만, 일본 관광객 발길이 뚝 끊어지면서 사정이 달라졌다. 가게가 어려워져 직원들 다 내보내고 모든 일을 두 분이 나눠서 하느라 거의 집에 있을 새가 없게 되어 버렸다.

어쩌다 집에 있어도 오래된 피클처럼 피로에 시큼하게 절어 있는 게 뻔히 보여 말 걸기가 미안할 정도였다. 집에 잠깐 머물렀다 바로 일 나가고, 일 나갔다 들어왔다 다시 일 나가고, 저러다 쓰러지기라도 하면 어쩔까 걱정될 정도였다.

"미안해. 올해는 가게 일이 너무 힘들어. 밥 혼자 먹는 거 싫지? 몇 달만 참자 응?"

엄마는 이 말을 남기고 사라졌고, 종훈에게는 엄마 대신 엄카가 주어졌다.

처음 몇 달은 신났다. 강윤을 집으로 불러 엄카로 이것저것 배달시켜 먹고 밤늦도록 게임했다.

하지만 엄마는 약속한 몇 달이 지나고도 돌아오지 않았다. 몇 달은 곧 1년이 되었고, 1년은 다시 2년이 되었다. 그 2년 동안 엄마, 아빠는 하루 시간 대부분을 가게에서 보내고 주말에는 거의 쓰러져 잤다.

이제 종훈은 집에 혼자 있는 게 신나지 않는다. 40평이 넘는 아파트에서 밤새 혼자 보내는 것이 너무 힘들다. 그나마 PC방이 혼자 신세를 면할 수 있는 공간이다. 아는 사람이라고는 주격 형하고 강윤뿐이지만 그걸로 충분했다.

두 분 모두 너무 힘들다는 거 잘 안다. 잘 아니까 투덜거리거나 성내거나 하지는 않는다.

다만 두렵다. 나도 어른이 되면 저렇게 힘들게 살아야 하는 건가 하는 생각이 자꾸 맴돈다. 이런 생각을 하다 보니 하나하나 올라가는 학년이 너무 무섭다.

하지만 사정이 이렇다고 내 돈 내고 내가 라면 사 먹는 편의점에서 투명 인간 취급받아 마땅한 것은 아니다. 기분이 꽉 상한다. 저 아저씨가 어떻게 나오는지 보자는 마음으로 일부러 부스럭 소리를 크게 내며 컵라면들을 뒤적인다. 하지만 아저씨는 전혀 반응이 없다. 그냥 고개를 처박고 있다. 눈을 부릅뜨고 있는 것을 보아 졸고 있는 것은 아니다.

기분 나쁜데 확 다른 데 갈까 보다 하는 생각이 잠깐 들었지만 그래 봐야 별 수 없다. 이 동네는 편의점이 귀하다. 여기가 싫으면 찻길 건너에 있는 종합병원까지 가야 한다. 엄밀히 말하면 종합병원이 아니라 거기 붙어 있는 장례식장이다. 아무리 기분이 상해도 라면 하나 먹자고 찻길까지 건너서 심지어 장례식장까지 갈 마음은 없다. 이 밤늦은 시간에 장례식장까지 갔다가 아무도 없는 컴컴한 집에 들어갈 배짱은 없다.

별수 없이 종훈은 감정 상한 투명 인간이 되었다. 투명 인간이라도 먹기는 먹어야 하니 새우탕 큰사발과 팔도 왕뚜껑을 들고 이리저리 견주어 보다 새우탕이 조금 더 큰 것 같아 그놈을 들고 계산대로 갔다.

계산대 앞에 서자 종훈이를 투명하게 만든 아저씨가 바로 앞에서 보인다. 나이가 좀 애매하다. 솔직히 어른 나이 구별하는 거 너무 어렵다. 그래도 대충 짐작해 본다.

50? 아직 50은 안 되어 보인다. 40? 이건 확실히 넘었다.

그다음 질문은 주인 혹은 알바?

아무래도 나이가 40이 넘었다면 알바보다는 주인일 가능성이 크겠지만 꼭 그렇다고 장담할 수 있을까? 뭔가 사연이 많은 중년 알바일지도. 주식이나 코인으로 전 재산을 날리고, 가족에게 버림받고 한 칸짜리 고시원에서 연명하는 불쌍한 중년 아저씨라거나.

그래도 종훈은 나이 40 넘어서 편의점 알바하는 인생에 대해 별로 알고 싶지 않다. 안 그래도 부모님 고생하는 거 보며 어른 되는 게 겁나는데 40 넘은 알바 사정까지 생각하고 싶지 않다. 그냥 주인이라 치자.

그런데 이 일단 주인이라 친 아저씨가 종훈을 투명 인간 취급한다. 아무리 생각해도 이건 아니다. 적어도 계산은 하고 돈은 받아야 하는 거 아닌가? 하지만 아저씨는 종훈이 계산대 위에 라면을 올려놓아도 아무 반응이 없다.

'대체 뭐 하고 있는 거야? 확 그냥 들고 가 버릴까 보다.'

슬쩍 보니 아저씨는 포스기 옆에 스마트폰을 걸쳐 놓고 게임 중이다. 비행기가 날아다니면서 싸우는 공중 격투 게임 종류 같은데 종훈이 모르는 게임이다. 화면만 요란하지 한눈에 봐도 재미없어 보인다. 손가락만 있으면 누구나 할 수 있을 것 같은 게임, 손가락만 액정에 대고 있으면 절대 안 죽고 웬만한 미션은 다 클리어할 수 있을 것 같은 게임, 개복치보다 조금 어려운 수준의 게임이다. 그런데 이 아저씨는 계산대에서 계산 기다리는 손님을 투명 인간으로 세워 두고 이 허접들보 게임에 완전히 정신이 팔려 있다.

견디다 못한 종훈이 계산대를 손바닥으로 몇 번 두드린다.

"아저씨! 계산이요, 계산."

그래도 반응이 없다. 좀 더 세게 두드려 본다. 계산대가 덜컹거리며 흔들리고 포스기 서랍 안의 동전까지 떨리면서 짤랑짤랑 소리를 낸다.

두드린 종훈이 깜짝 놀란다. 생각보다 훨씬 요란한 반응이다. 아무래도 이건 너무 심했다. 아저씨가 갑자기 스마트 폰을 내 던지고 "어떤 싸가지 없는 새끼가 진상질이야?" 이러며 달려들까 살짝 걱정도 된다.

아니나 다를까 아저씨가 고개를 슬쩍 돌리며 종훈을 바라본다. 눈동자 방향으로 보아 이제는 종훈이 더 이상 투명 인간이 아닌 모양이다. 종훈은 순간 얼음이 된다. 쉽게 말해 쫄았다.

그런데 아저씨 표정이 이상하다. 전혀 화난 얼굴이 아니다. 깜짝 놀란 얼굴도 아니다. 심지어 미안해하는 얼굴도 아니다. 저 표정을 뭐라고 해야 할까? 그냥 살짝 짜증 나고 만사가 귀찮은 얼굴이다. 아무 말도 하지 않았지만 음성 지원이 되는 것 같은 그런 표정이다.

'아니, 나님 게임 하는데 왜 손님 따위가 오고 그래?'

소리를 내어 말하지는 않았지만 아저씨는 표정으로 이렇게 말하고 있다. 종훈은 방해해서 죄송합니다 모드로 라면을 들고 눈동자를 이리저리 굴리며 아저씨와 마주치지 않으려 애쓴다.

그러자 아저씨가 종훈 쪽을 쳐다보지도 않고 퉁명스럽게 한마디 던진다.

"천 원."

"네?"

황당하다. 그래서 어쩌라고? 그리고 바코드도 안 찍고 무슨 계산이냐고? 천 원이라고? 그래서 어쩌라고? 이걸 사라는 거야 말라는 거야? 결재는 뭐로 할 건지, 봉투가 필요한지, 무슨 적립 카드나 포인트 있는지 이런 거 저런 거 물어봐야 하는 거 아닌가?

하지만 아저씨는 천 원이라는 외마디를 던지고는 끝이다. 대답도 기다리지 않고, 돈 받을 기척도 없이 다시 고개를 처박고 재미없는 게임질이다. 종훈도 순식간에 다시 투명 인간이 되었다.

"저, 이거……."

마침 주머니에 꼬깃꼬깃한 천 원짜리 지폐 한 장이 잡힌다. 문제는 아무리 생각해도 새우탕 큰사발이 천 원이 아니라는 것이다. 천오백 원인지 천육백 원인지 모르겠지만 하여간 천 원보다 훨씬 비싸다. 유마리 캐릭터를 걸고 맹세해도 좋다.

하지만 아저씨는 더 이상 종훈과 말을 섞을 생각이 없는지 게임에만 몰두한다. 그런데 자꾸 짜증을 내는 거 보니 종훈의 눈에는 너무도 재미없고 쉬워 빠진 게임조차 제대로 안 되는 분위기다.

'에라 모르겠다. 그까짓 오백 원쯤 떼먹으면 어때?'

종훈은 계산대에 꾸깃꾸깃한 천 원짜리 지폐를 올려두고 라면을 챙겨 온수기 쪽으로 간다. 살짝 찔리지만 이건 어디까지나 가격을 잘못 알려 준 아저씨 책임이다.

영 마음이 찝찝해 돌아보니 저 아저씨는 "천 원"이라는 외마디를 던진 이후 아예 외부 세계와 단절 상태다. 천 원을 두고 가는지 라면만 들고 내빼는지도 무관심 그 자체. 가격을 착각한 것이 아니라 본인이 거스름돈 만지기 귀찮아 딱 끊어지게 천 원이라고 부른 것 같다. 천사표 편의점주, 아니면 가게 망칠 알바?

아무리 그래도 주는 돈은 받아야지, 계산대 위에는 방금 내려놓은 천 원짜리 지폐가 그대로 누워 있다. 아니 저 아저씨, 돈을 포스기에 넣든가 하다 못 해 자기 주머니에라도 넣어야 하는 거 아닌가?

종훈은 신경 끄고 큰사발면에 더운물을 담고 온수기 옆에서 꺼낸 나무젓가락과 함께 플라스틱 칸막이가 설치되어 있는 테이블 위에 올려놓는다. 밤 10시 이후에 편의점 안에서 음식 먹으면 되는 건지 안 되는 건지 헷갈린다. 방역 수칙이 하도 자주 바뀌어 뭐가 뭔지 모르겠다. 어차피 저 아저씨도 신경 안 쓸 거니 그냥 먹고 가자.

　그런데 라면을 입에 말아 넣는 내내 포스기에 들어가지 못하고 계산대 위에 누워 있는 천 원이 눈에 밟힌다. 라면에 물을 따르는 동안에도, 라면이 익을 때까지 기다리는 동안에도 천 원은 내내 도산서원을 위로 하고 누워 흔들거리고 있다. 종훈이 아무리 투명 인간 취급에 익숙하다지만 자기가 낸 돈까지 투명 지폐 취급이라니 살짝 화가 난다.

　'확 도로 가지고 가 버릴까? 아마 그래도 저 아저씨는 전혀 모를걸? 저 핵노잼 게임이나 계속하겠지.'

　뭐 이런 양아치 같은 생각을 다 하나 싶다. 그래도 저 한심한 아저씨한테 훈계 한마디는 하고 싶다. 어른에게 훈계라. 생각만으로도 통쾌하다.

　그래도 막상 입 밖으로 꺼내려니 쫄린다. 결국 종훈은 자기한테만 들릴 정도의 소리로 겨우 한마디 던졌다.

　"어른들이나 똑바로 해."

　그래도 속이 후련하다.

　"여가부 폐지요!"

　문득 사회 시간에 줌 화면을 향해 이렇게 외쳤던 기억이 떠오른다.

　아무리 원격 수업이라도 사회 시간에 토론을 안 할 수 없다며 와니 쌤이 줌으로 개최한 모의국회에서 그랬을 것이다. 학급을 둘로 나누어서 여당과 야당으로 편성하고 의제를 정해 토론한 뒤 의결하는 수업이었다.

"제안하고 싶은 주제 있으면 먼저 손들기 누르세요. 그럼 선생님이 마이크 켜 줄게요."

와니 쌤이 이렇게 말을 꺼내기가 무섭게 종훈이 외쳤다.

"여가부 폐지요!"

그런데 종훈은 손들기를 클릭하지 않고 대뜸 소리부터 질렀기 때문에 와니 쌤은 음 소거를 해제해 주지 않았고, 결국 마이크 꺼진 아이패드에 대고 혼자 외친 꼴이 되었다. 더구나 종훈은 줌 수업 때 카메라를 켜지 않기 때문에 결과적으로 종훈이 뭐라고 외쳤다는 사실 자체를 아무도 알지 못했다.

결국 토론 주제는 "방역을 목적으로 사적 모임의 집합 인원을 규제할 수 있는가?"로 정해지고 말았다.

그래도 미련이 남았던 종훈은 채팅창에 '여가부 폐지합시다.'라는 문장을 반복적으로 올렸다. 하지만 아무도 거기 반응하지 않았고, 와니 쌤도 단호하게 말했다.

"손들기 누르고 발언권 주면 말하라고 했죠? 이미 그렇게 해서 결정이 났는데 계속 이러면 수업 방해로 간주합니다."

골이 난 종훈은 줌에 아이패드를 접속시켜 놓은 상태로 식탁 위에 올려두고 자기는 컴퓨터 앞에 가서 게임을 하며 사회 시간을 다 날려 버렸다.

그런데 수업 다 끝난 다음에 와니 쌤 카톡이 왔다. 아마 수업 중간에 불러도 대답이 없어 딴짓한 거 들킨 모양이다. 무슨 말이 와 있을지는 뻔했다.

　'너, 수업 도중에 어디 있었어?' 이런 거 아니면 '다음 주 등교하면 종례 끝나고 남아.' 이런 거겠지.

　그런데 막상 카톡을 열어 보니 예상과 전혀 다른 문장이 찍혀 있었다.

> 여가부를 그렇게 결사적으로 폐지하자고 하는
> 이유라도 있어?
> 궁금하네.

　혼날 줄 알았는데 이렇게 물어봐 주니 고맙기도 하고 살짝 감동하기도 했다. 뭔가 그럴듯한 대답을 하고 싶었다. 그런데 답을 하려드니 아무리 생각해도 구체적으로 떠오르게 없었다.

　종훈이 여가부를 싫어하는 이유는 명확했지만 그걸 와니 쌤한테 밝히고 싶지는 않다. 안 그래도 게임 너무 많이 하는 아이로 찍혀 있는데 '게임에 대해 이러쿵저러쿵 자꾸 간섭해서 여가부를 싫어한다'고 고백할 필요는 없었다. 얼마 전에 했던 '인터넷, 스마트폰 사용 습관 조사' 설문지에도 '여성가족부'라는 마크가 커다랗게 찍혀 있었고.

> 페미라 싫어요.

결국 이런 엉뚱한 문장을 찍어 보냈다.

사실 종훈은 페미가 뭔지 모른다. 다만 디시에서 슬라디넬라 갤 형들이 입만 열면 꼴페미 꼴페미 그래서 그냥 입에 따라붙었다.

그다음 와니 쌤이 뭐라고 대답했는지 기억에 없다. 뭐라고 뭐라고 꽤 길게 답장을 보냈지만 아마 거들떠만 보고 읽지는 않았을 것이다. 종훈이 답을 하지 않자 와니 쌤도 더 이상 톡을 보내지 않았고, 다음 등교 기간에 따로 남기거나 하지도 않았다.

그러고 보면 아동청소년 보호법은 참 바보 같은 법이다. 다른 내용은 모르겠고 적어도 게임과 관련된 부분만큼은 확실히 바보 같다.

'도대체 누가 누구를 보호해? 어른들이나 잘하라고.'

편의점 아저씨를 보며 종훈은 또 한마디 던지고 싶었지만, 아저씨의 험악한 표정을 보고 나오는 말을 꿀꺽 삼켜 버린다.

웹 서핑하다가 우연히 주워 읽은 기사 하나가 떠올랐다. 기사 제목이 자살이라 클릭했었다. 자살할 생각은 없지만 어쨌든 뭔가 자극적인 제목이니까 낚인 것이다.

기사 내용은 이랬다. 자살이라고 하면 흔히 청소년을 생각하지만 우리나라는 청소년 자살률보다 성인 자살률이 훨씬 높아서 압도적으로 OECD 1위를 달리고 있다고 했다. 그냥 1위도 아니고 압도적인 1위라고. 그리고 청소년 자살률은 오히려 어른들이 걸핏하면 무슨 교육 낙원처럼 말하는 핀란드가 우리나라가 훨씬 높다고.

딱 저 아저씨 꼴이 그렇다. 안 봐도 유튜브다. 게임에 푹 빠져 한심하게 영업하다 결국 가게 문 닫고, 여기저기 돈 빌려서 버티다 주식이나 코인으로 대박 노리고, 그러다 남은 돈 다 털어먹고 빚까지 잔뜩 져서 결국 사회적으로 매장당하고 한강 물 온도가 몇 도나 될까, 기왕이면 마포대교가 좋을까? 이딴 고민이나 하게 되지 않을까?

게임이면 게임, 자살이면 자살, 아무리 봐도 적어도 우리나라에선 어른들이 애들한테 뭐라고 큰소리칠 처지가 아닌 것 같다. 게임이 해로우면 애, 어른 안 가리고 다 차단하든가. 왜 애들한테만 자꾸 뭐라 그러는 것일까?

술 담배도 그렇다. 애들은 안 되고 어른들은 괜찮은 것이라면 알코올 중독, 주취 폭력, 폐암, 후두암 이런 거 다 뭔데? 뭐 그렇다고 종훈이 술 담배를 바라는 건 아니다. 종훈이 바라는 건 그저 밤늦은 시간이라도 하고 싶은 만큼 게임할 수 있는 거. 적당한 시간에 알아서 들어갈 거니까 밤에 PC방에서 쫓겨나지 않는 정도다.

밤 10시 넘도록 학원에 있는 건 괜찮고, PC방에 있으면 해롭고? 종훈 생각에는 아무래도 반대가 아닐까 싶다. 밤 10시가 넘도록 PC방에 있으나 학원에서 강제로 공부하나 몸 망치는 건 마찬가지일 것이고, 그나마 PC방 쪽이 정신 건강에는 덜 해롭지 않을까? 차마 해롭지 않다고는 말 못 하겠고.

게임 중독이 심각하니 어쩌니 하는 뉴스를 봐도 그렇다. 새벽 2

시에도 애가 게임을 하고 있어요 어쩌면 좋아요 그러는 엄마들. 아마 새벽 2시 넘도록 애가 공부하고 있으면 좋다고 했을 것이다. 그런 애들은 공부 중독 아닌가?

아무래도 좋다. 그렇다고 종훈이 할 게임 못 하는 것도 아니다. PC방에서 쫓아내면 집에 가서 계속하면 그만이다. 아청법 만든 어른들은 이럴 줄 몰랐을까? 아니면 알고도 그린 법을 만들었을까? 몰랐다면 멍청한 거고, 알았다면 뻔뻔한 거다.

어쨌든 라면은 꿀맛이다. 아까 먹다 엎어 버린 라면이 남긴 아쉬움 때문인지는 모르겠지만, 세상에 봉지 라면도 아니고 컵라면이 이렇게 맛있는지 처음 알았다. 종훈은 새우탕 큰사발면을 그 이름이 무색하게 단 세 번의 젓가락질로 순삭해 버리고 국물까지 후룩후룩 남김없이 흡입했다.

하지만 컵라면이 맛있게 느껴질수록 봉지 라면이 그립다. PC방에서 봉지라면 끓여 팔던 시절이 언제더라? 그거 정말 꿀맛이었는데. 코로나19 때문에 삶의 질이 너무 떨어졌다.

라면을 순삭하고 편의점을 나서려다 혹시나 해 돌아본다. 역시나 아저씨는 게임 삼매경에서 헤어나지 못하고 있다. 계산대 위에는 천 원이 아직도 포스기에 들어가지 못하고 덩그러니 누워 있다.

띠보, 띠보.

종훈이 문을 열자 다시 전자 벨 소리가 울리고 바깥에서 공기가 확 달려들어 온다. 그 바람에 계산대 위에 누운 천 원이 흔들흔들

춤을 춘다.

종훈은 그 천 원짜리를 도로 들고 가려는 충동 때문인지 나갈 때라도 저 아저씨 인사를 받고 싶어서인지 몰라도 편의점을 나가던 발걸음을 다시 뒤로 돌린다. 자동문이 다시 닫힌다.

저 아저씨 이따위로 장사했다가는 천 원 하나 가지고 무한 순환시켜 가며 라면이며 과자며 끝없이 사 먹는 마음 나쁜 녀석도 얼마든지 있을 것 같다.

"이거 얼마예요?"

"천 원."

돈 내려놓는 척하다 도로 가져가고. 다시 묻는다.

"이거 얼마예요?"

"천 원."

무한 반복.

물론 아저씨는 누가 그러거나 말거나 아무 관심 없이 그 재미없는 게임을 계속할 것이다. 그 아저씨가 한심한 것인지, 하루 종일 게임하다 집에 가서 또 게임할 생각하는 자신이 한심한 것인지 모르겠다.

"직원이 열 명이었어."

갑자기 아저씨가 고개를 번쩍 들고 종훈을 보며 말한다.

'이건 또 무슨 엉뚱한 소리래?'

종훈이 어리둥절 눈을 동그랗게 뜨고 아저씨를 본다.

"조리사가 세 명, 홀 직원이 네 명, 매니저, 그리고 주차 관리원까지. 하루 매상이 천만 원이 넘을 때도 있었다고. 미슐랭 가이드에도 실렸는데. 사회적 거리두기 하면서 손님이 3분의 1로 줄었어."

"아, 네."

달리 할 말이 없다. 그냥 고개를 끄덕이는 수밖에.

"그래도 직원들 내보내지 않고 버틸 때까지 버텼어. 한 달이면 되겠지, 두 달이면 되겠지, 그러다 1년이면 되겠지. 결국 10년 가꾼 가게 처분하고 이거 한 칸 남았어. 이거 한 칸 남았다고."

종훈은 뭐라고 대답해야 할지 아니면 모른 척해야 할지 몰라 난감해 가게 안도 밖도 아닌 자리에 물끄러미 섰다. 그런데 아저씨는 달리 더 할 말이 없는 모양이다. 다시 고개를 처박고 그 재미없는 게임 세계로 들어가 버린다.

코로나가 덮치고, 거리두기 오고, 가게 문 닫고, 유지비 안 나오고, 직원들 하나하나 줄이면서 버티다, 결국 가게 임대료도 못 내서 문 닫고, 남은 재산 긁어모아 편의점. 혹은 그마저 말아먹고 편의점 알바.

아저씨 얼굴에 엄마, 아빠 얼굴이 자꾸 겹친다. 기분 나쁘다. 종훈은 얼른 자동문을 다시 열고 편의점 밖으로 튀어 나갔다.

"집 가야겠다."

편의점에서 종훈네 집은 멀지 않은 곳에 있는 구축 아파트다. 초등학교 다닐 때만 해도 제법 괜찮은 신축 아파트에 속했는데, 학교 옆에 있는 오래된 아파트들이 재건축되면서 갑자기 후진 아파트로 전락했다. 그래도 종훈은 하늘을 향해 삐쭉삐쭉 찌를 듯이 솟아 있는 신축 아파트보다 적당한 높이의 지금 아파트가 더 좋다. 엄마, 아빠가 걸핏하면 주차하기 어렵다고 투덜거리긴 하지만 그거야 종훈이 사정이 아니니 알 바 없다.

종훈네 집은 2층이다. 엄마는 구축 아파트 저층이라 겨울에 춥다며 불만이지만 어른들보다 신진대사가 왕성한 종훈에게 추위 따위는 별문제가 아니다. 오히려 엘리베이터 안 기다리고 바로 드나들 수 있어 편하기만 하다.

끄덕끄덕 졸고 있는 경비 아저씨를 슬쩍 훑어보며 입구를 통과한 종훈은 몇 개 안 되는 계단을 겅중겅중 올라가 현관문 앞에 섰다. 지문인식 키라 비밀번호를 누를 필요도 없다. 자물쇠에 검지를 대자 바로 문이 열린다.

전화기를 꺼내 보니 밤 11시다. 컴컴하다. 아무도 없는 컴컴한 집. 이렇게 컴컴한 집에 오는 것은 3년째지만 절대 익숙해지지 않는다. 날이면 날마다 더 낯설다.

컴컴한 집에 들어가는 것이 필경 깊숙한 안쪽에 드래곤이 도사리고 있을 거대한 던전으로 빨려 들어가는 것 같이 느껴져 차마 발을 들여놓지 못하겠다. 종훈은 게임 속에서만 용감한 랜선 워리어다.

"뭔 개소리야? 난 열라 부럽구만."

강윤이었다면 분명 이렇게 말했을 것이다. 매일 집에 들어가면 엄마한테 학원 숙제 검사받고 학교에서 있었던 일, 학원에서 있었던 일 꼬치꼬치 보고해야 하니 그것도 힘들긴 할 것 같다. 초등학교 때만 해도 종훈이 그랬다.

하지만 이제는 집에 들어오면 온통 종훈이 타임이다. 어차피 아침 7시 혹은 8시까지 아무도 없으니 게임이건 뭐건 마음껏 할 수 있다.

그래도 집 컴퓨터 사양이 슬라디넬라 게임이 요구하는 사양을 겨우 맞추는 수준이라 PC방에서 할 때 같은 몰입감은 느끼기 어렵다. 그래픽 카드 사양이 낮아 캐릭터가 움직이거나 마법 효과가 나타날 때 뭔가 걸리는 느낌이고 시원하지가 않다. 그렇다고 영 못할 정도는 아니다.

원격 수업 핑계를 대고 새 컴퓨터를 사 달라고 했다. 미안한 마음에 부모님은 얼른 그러마 했지만 빵빵한 사양의 그래픽 카드를 장착한 데스크톱이 아니라 가장 높은 사양의 아이패드 프로를 사들고 왔다.

공부하는 데 필요한 물건, 기왕 사는 거 제일 유명한 브랜드의 제일 비싼 거 사 주자는 마음이었을 것이다. 종훈도 뭐라 그럴 수 없어 그냥 받아 놓기는 했지만 온라인 게임에는 무용지물이라 그냥 책상 위에 잘 모셔서 놓고 간혹 온라인 수업 접속한 척하는 용도로만 쓴다.

그런데 이상하다. 집에 아무도 없는 것이 날마다 더 낯설어 지지만 이제는 부모님이 계시는 것도 어색하다. 이것도 저것도 어색하면 어쩌자는 거냐 싶지만 사실이 그렇다.

종훈의 부모님은 교회를 열심히 다니기 때문에 일요일만큼은 무슨 일이 있어도 가게 문을 닫고 가정을 지킨다. 덕분에 종훈에게 일요일은 일주일 중 가장 어색한 날이 되고 말았다.

부모님과 같이 앉아서 식사하면 데면데면하고 마치 낯선 집에 찾아가서 낯선 어른들하고 같이 있는 것 같다. 종훈만 탓할 일은 아니다.

부모님도 막상 종훈과 식탁에 마주 앉아 있으면 밥이 입으로 넘어가는지 코로 넘어가는지 모를 정도로 안절부절못하는 게 눈에 보일 정도니까. 뭔가 말하고 싶고, 그렇다고 잔소리로 이 소중한 시간을 허비하고 싶지는 않고, 그러자니 막상 할 말이 없고, 그런 안타까움이 종훈의 눈에도 훤히 보일 정도니까.

종훈이 방 한구석에 어차피 별로 든 것도 없는 책가방을 내동댕이친다. 거울을 보니 체육복 상태는 처참하다. 이걸 입고 학교에 갈 수는 없었다.

생활복을 찾아 방 구석구석을 뒤져 본다. 그런데 생활복을 개똥으로 만들었는지, 막상 입으려고 드니 도무지 어디에 있는지 찾을 수가 없다.

"앗차!"

종훈이 억울한 표정으로 자기 옆머리를 움켜쥔다.

생활복은 학교 사물함에 들어 있다. 그저께 체육 시간에 더울 것 같아 가지고 갔다가 그냥 안 입고 쑤셔서 넣고 왔다.

'하아, 어쩌지? 에이 기왕 이렇게 된 거 배짱이다.'

종훈은 체육복하고 대충 비슷하게 생긴 사복을 입고 가기로 마음을 굳힌다. 그러고 나니 책상 위에 있는 낡은 컴퓨터가 이죽이죽 웃으며 손짓한다.

"자, 자, 내일 걱정은 내일하고, 한 판만 더 하고 자자고. 마법사 유마리 안 보고 싶어?"

미치겠다. 아니 이미 미쳤는지도 모르겠다. 이젠 컴퓨터가 말을 다 한다. 컴퓨터가 얄미운 표정을 짓는다. 컴퓨터가 실실 쪼개면서 공부 따위 집어치우고 같이 놀자고 한다.

컴퓨터 앞에 앉은 종훈의 등 뒤로 유령같이 청회색의 그림자가 드리워진다. 불길한 가면 모양을 한 게임 아이콘을 클릭하자 아이디와 비밀번호를 묻는 창이 뜬다.

로그인하자 게임 세계가 펼쳐지고 그의 분신, 그의 게임 캐릭터, 마법사 유마리가 요염한 모습으로 화면에 나타난다.

"유마리…… 마리야."

나직이 이름을 불러 본다. 마치 종훈의 말을 알아듣기라도 하는 양 아름다운 유마리, 그의 아바타가 윙크인지 비웃음인지 모를 표정을 던진다.

6. 종훈이와 아바타

간단하다. 저녁 내내 게임하고, 다시 밤새 게임했다.

그렇다면 결론은? 아직 제정신을 못 찾은 거다. 꿈이거나 아니면 대낮에 헛것을 보는 거다. 그러니 겁낼 필요 없다. 여기서 내가 죽든가 죽을 만큼 아파야 깨어난다.

그런데 아무리 이렇게 마음을 먹어도 고릴팔계도 거대 거미도 거대 박쥐도 사라지지 않는다. 눈앞에 펼쳐진 상황은 게임 폐인 되어 보는 환각이라기에는 너무 생생하다.

빠져나가거나 살아날 구멍이 안 보인다. 정말 마지막이다. 그럼 마리한테 마지막 인사라도 해야겠다. 그런데 마리를 돌아보니 차마 이 광경을 눈 뜨고 볼 수 없는지 눈을 꾹 감고 있다. 애석하다. 마리가 내 최후의 결전을 못 보는구나.

결국 종훈은 마리에게 공부도 못 하고 원격 수업은 가짜로 접속하고 게임이나 하는 찌질한 녀석으로 영원히 기억될 운명이다.

'뭐, 그럼 어때? 스스로 후회 남기지 않으면 그만이지. 찌질이 이종훈, 핵인싸 유마리를 위해 목숨을 걸다. 이거 괜찮지 않아?'

그런데 이상하다. 이 상황에 엄마 아빠 생각이 안 난다. 이렇게 자식이 먼저 가면 완전 불효인데도 생각이 안 난다? 역시 자식 키워 봐야 헛짓인가?

"자, 마지막으로 한 판 하자고!"

종훈은 자기 입에서 이런 애니 대사 같은 말이 나오는 게 놀랍지도 않다. 마치 당연히 할 말을 한 것 같다. 묵직한 할버드를 들어 운동장이 흔들리도록 쿵 내리찍으며 위용을 과시하는 것도 당연해 보인다.

"트아아아! 최후의 일전이다."

그래도 이런 비장한 말은 많이 어색하다.

탕.

이게 뭔 소리야? 설마, 총소리?

키억.

날카로운 비명. 그리고 박쥐가 툭 떨어진다. 정말 총소리인 모양이다.

탕.

다시 총소리. 박쥐가 또 한 마리 떨어진다. 이건 또 뭔 일이래?

탕, 탕, 탕.

총소리가 계속 들린다. 이번에는 총소리가 한 방 들릴 때마다 거미 괴물이 징그러운 녹색 액체를 뿜으며 퍽퍽 터져 나간다.

하지만 고릴팔계는 두꺼운 갑옷 때문인지 잠깐 휘청거리더니 다시 자세를 가다듬고 종훈이를 향해 달려온다. 그래도 귀찮은 것들이 다 처리되고 나니 고릴팔계 몇 마리 정도는 어떻게든 해 볼 수 있을 것 같은 느낌이 든다.

이때 종훈의 목덜미 아래로 뭔가 시원한 바람이 살살 불어온다. 그냥 시원한 정도가 아니다. 마치 포카리스웨트나 에너비트가 바람이 되어 불어오는 것 같은 느낌, 거기에 살짝 달콤하고 살짝 향긋한 느낌.

그 바람과 함께 가쁜 숨도 가라앉고, 김을 모락모락 내던 땀도 차분하게 가라앉는다. 주저앉고 싶게 만들던 피로도 사라진다. 힘이 솟구친다.

'설마, 성직자라도 나타나서 치유 마법이라도 쓰는 건가? 성직자가 있으면 여기서 죽어도 소생 마법으로 다시 살아날 수 있겠네?'

궁금증 해결은 나중 일이고 일단 급한 불부터 끄자.

종훈은 힘이 솟구친 김에 땅을 박차고 공중으로 뛰어오른다. 아까보다 훨씬 힘이 넘친다. 거의 학교 옥상 높이로 뛰어올랐다 아래로 내려가며 그 위치에너지를 고스란히 할버드에 실어 휘두른다. 그러자 그야말로 싹쓸이하듯이 남은 고릴팔계들이 할버드가 순식간에 그려 내는 서늘한 도형에 휩쓸려 산산조각이 나 버렸다.

"앗싸! 몽땅 해치웠다."

환성이 저절로 튀어나온다.

위치에너지를 몽땅 할버드에 실어 날려 버렸기 때문에 종훈은 깃털이 땅에 내려앉듯 사뿐히 땅을 딛고 섰다. 그리고 마리가 무사한지 알아보려 뒤를 돌아본 종훈이 입에서 거의 소름 끼치는 비명이 터져 나온다.

"으, 으악! 쌤, 지, 지금 뭐예요?"

이게 뭐야? 와니 쌤이 생글생글 웃으며 서 있는 것이다.

학교니까 와니 쌤이 있는 거야 당연한 일이지만 종훈이 놀란 까닭은 와니 쌤이 평소와 너무 달라서다.

너무 젊다.

물론 와니 쌤은 젊은 선생님에 속하지만, 그래도 30대 초반 정도인데, 지금 눈앞에 보이는 와니 쌤은 20대 초반, 아니 10대 후반이라고 해도 믿을 정도의 모습이다. 키도 좀 더 커진 것 같고 몸매도 훨씬 날씬하다.

더욱 놀랄 만한 것은 옷이다.

와니 쌤이 곤충 날개 같은 반투명한 보라색 로브를 걸치고, 손에 유니콘 뿔 같이 생긴 지팡이를 들고 있다. 그 지팡이 끝이 종훈이 쪽을 향하고 있는 것으로 보아, 아까 그 시원하고 달콤한 바람이 바로 저기서 나왔지 싶다.

"저어기, 누구시죠? 와니 쌤 맞아요?"

"그래, 나야. 뭐, 문제 있어?"

"아니, 쌤…… 그 차림이 좀."

"내 차림이 뭐?"

"성직자 같아서요."

"성직자 맞거든."

"네에? 그럼 혹시 쌤이 저 힐 쳐 주셨어요?"

"힐? 아, 치유 마법? 아니. 치유 말고 회복 마법 썼어. 치유하곤 좀 다르지. 네가 다치진 않았으니까."

"여튼 덕분에 살았어요. 그런데 쌤, 너무 젊어 보이는데 어떻게 된 거예요?"

"젊어 보인다고? 그치? 나, 450살 치고는 좀 동안 아니니?"

"네에? 450살? 그게……?"

아니 저분이 지금 제정신인가 하는 표정으로 있는데, 귀에 익은 목소리가 들린다.

"이제, 빨리 여길 떠야 하지 않을까요? 저놈들 더 몰려올 거 같은데?"

목소리의 주인공이 학교 옥상에서 공중을 저벅저벅 걸어 내려온다. 마치 공중에 투명한 계단이라도 있는 것 같다.

그런데 그 녀석이 바로 다름 아닌 강윤이다. 몸에 짝 달라붙는 가죽 슈트를 입고, 라이플을 비스듬히 들고, 오른쪽 눈에는 망원렌즈가 달린 안경을 쓰고 있다. 솔직히 멋있다.

'그럼 아까 거미 괴물, 박쥐 괴물을 펑펑 터뜨렸던 게 바로 강윤이라고?'

"왜 그런 눈으로 보는데? 뭐 못 볼 거 봤어? 메르하바르?"

"메르하바르?"

"그래. 너 말이야. 아니, 뭐야 이거? 그 정도 각성했으면서 이름도 기억 못 해? 슬라디넬라 왕실 근위대장 메르하바르 경. 바로 자네 말이야. 이렇게 부르긴 좀 억울하지만 내 직속상관 나으리. 뭐 억울해도 사수 위에 기사, 기사 위에 마법사가 슬라디넬라의 법이니까."

"그러니까."

종훈이 자기가 쓰러뜨린 고릴팔계들을 손가락으로 가리킨다.

"저놈들이 지껄이던 그 괴상한 말이 사실 내 이름이라고? 그럼 너도 김강윤이 아니겠네?"

"알데스타 말이 맞아. 우선 여길 먼저 뜨자. 지금 그것이 오고 있어."

강윤이 대답하기도 전에 와니 쌤이 답을 가르쳐 준 셈이 되었다.

"그것이라뇨?"

"저것."

강윤, 아니 알데스타가 라이플 끝을 들어 운동장 갈라진 틈을 가리킨다.

그 틈바구니에서 붉은 덩어리가 꾸물꾸물 기어 올라오고 있다. 운동장 틈을 다 메울 정도로 거대한 놈이다.

"뭐야, 저 커다란 건? 무슨 드래곤이라도 한 마리 나올 기세네?"

"불행하게도."

알데스타가 고개를 가로저으며 혀를 찬다.

"방금 정답을 말했어."

순간 그 거대한 붉은 덩어리가 활짝 펼쳐진다. 10미터는 넘을 것 같은 날개, 그리고 붉은 몸집. 보는 순간 마음이 얼어붙어 버릴 것 같은 눈동자. 저것은…… 맙소사.

"드래곤!"

종훈의 입에서 비명 같은 단어가 터져 나오기가 무섭게, 붉은 드래곤 입에서 그보다 더 붉은 불길이 그들을 향해 쏟아진다.

순간 와니 쌤이 지팡이를 들고 땅바닥을 있는 힘껏 내리친다. 그러자 그들을 산뜻한 하늘색의 거대한 거품이 에워싸고, 그 거품 위로, 옆으로, 아래로 붉은 불길이 스치고 지나간다.

거품 안은 조금 덥긴 했지만 무사하다. 하지만 거품을 타고 넘은 불길에 학교가 금세 화염에 휩싸이고, 곳곳에서 소방 경보 사이렌이 울린다.

지팡이를 땅에 꽂고 있는 와니 쌤도 그리 편해 보이지 않는다. 두 팔이 부들부들 떨리고 이마에 땀이 송골송골 맺힌다. 점점 힘에 부치는 모습이다.

"마리엘, 마리엘, 마리엘!"

와니 쌤이 아까 고릴팔계들이 떠들던 바로 그 단어를 외친다. 평소 유쾌하던 모습은 온데간데없고, 목소리 속에 초조함과 두려움이 느껴진다. 와니 쌤의 저런 모습은 정말 처음 본다.

그 순간 마리가 눈을 번쩍 뜬다. 그런데 종훈에게 익숙한 그 마리가 아니다. 어쩌면 종훈 역시 거울을 보면 평소 익숙한 자기 모습과 전혀 다른 자신을 발견할지 모를 일이다.

아니 거울도 필요 없다. 둘레가 40센티미터는 넘을 것 같은 우락부락한 근육 덩어리 팔뚝이 눈에 들어온 순간 종훈은 자신이 평소와 다르다는 것을 바로 알아차렸다. 그 묵직한 할버드를 장난감처럼 휘둘러도 하나도 신기할 게 없다. 평소 종훈의 허벅지 아니 허리보다 더 굵은 팔뚝이니.

마리도 바뀌었다. 평소 알던 그 중학교 3학년 모범생의 모습이 아니다. 키도 더 크고, 몸매도 한결 어른스럽다.

"이레니쿠스!"

이것이 마리가 눈을 뜨자마자 외친 첫 마디다. 무슨 뜻인지는 도무지 모르겠다. 종훈이 모르는 몹시 어려운 영어 단어가? 아니면 과학 용어?

어쨌거나 종훈은 마리가 너무 가엾다. 눈 뜨자마자 하필이면 세상을 온통 시뻘겋게 만들고 있는 드래곤부터 봐야 한다니 말이다.

하지만 마리는 이미 종훈이 알던 그 마리가 아니다. 종훈이 아는 마리라면, 저 흉측한 드래곤을 보고 소스라치게 놀라거나 비명을 지르거나 바로 기절하고 말았을 것이다.

하지만 지금 마리는 태연히 저 붉은 드래곤을 노려보고 있다.

"이레니쿠스, 감히 여기까지 쫓아와?"

이건 뭐, 거대한 드래곤이 아니라 마치 말 안 듣는 강아지 꾸짖는 듯한 말투다.

드래곤이 바로 반응한다.

"마-리-엘."

여태까지 흐름으로 보아 마리엘이 바로 마리의 이름이고 이레니쿠스가 저 붉은 드래곤의 이름이지 싶다.

드래곤은 입을 전혀 움직이지 않는데도 선명한 목소리가 뇌를 흔든다. 말을 한다기보다는 자기 생각을 주파수로 만들어 귀에 꽂아 넣는 느낌이다.

그런데 은근히 매력적인 목소리다. 좀 더 가까이서 듣고 싶다. 종훈은 자기도 모르게 드래곤을 향해 발을 내디딘다.

철썩.

그 순간 뺨에 날카로운 충격이 느껴진다. 정신을 차려 보니 그와 드래곤 사이를 와니 쌤이 막고 섰다.

'와, 와니 쌤이 따귀를? 인권 교육 전문가가 체벌을?'

"정신 차려, 메르하바르. 이레니쿠스가 현혹 마법 쓰는 거 잊었어?"

종훈을 호되게 야단친 와니 쌤이 이번에는 마리를 향해 날카로운 목소리를 던진다.

"마리엘, 마리엘! 더 견디기 어려워요. 빨리 이동을."

엥? 와니 쌤이 마리한테 존댓말을? 고개를 갸우뚱하는데 마리가 갑자기 도무지 알아들을 수 없는 단어들을 외친다. 그 목소리가 채 끝나기도 전에 주변이 갑자기 암흑천지로 바뀌는가 싶더니 다시 뚜껑이 열리듯 암흑이 사라진다. 마치 거대한 눈꺼풀이 그들을 감싸면서 깜짝한 것 같다.

그 깜짝 한 번으로 학교와 운동장이 사라지고 종훈은 널찍한 방, 박물관 전시실을 연상시키는 그런 곳에 와 있는 자신을 발견한다.

'여기가 어디지? 맙소사, 장난 아니지? 이럴 수가 있나?'

종훈에게 너무 익숙한 곳이다. 마법사 유마리 캐릭터를 위해 엄청난 캐시를 털어 산 곳, 바로 마법사 유마리의 성채. 길드 본부로 사용하는 성채 안에 와 있는 것이다.

"이거 생각보다 훨씬 훌륭한걸? 은폐, 봉인이 다 되어 있고, 방어 마법 튼튼하고. 와우, 이 정도 요새라면 이레니쿠스가 자기 똘마니들 다 몰고 와도 몇 달은 버티겠어."

강윤이 종훈의 어깨를 억세게 툭 친다.

"키야, 메르하바르. 너란 녀석은 말이야. 마리엘을 위해서라면 정말 무슨 일이든 다 한다니까. 자기가 누군지도 모르는 상태에서 말이지. 이건 뭐 본능이야, 본능."

그리고 강윤이 쿡쿡거리며 웃는데, 그 웃음을 가르는 마리의 날가로운 목소리가 들린다.

"웃음을 거두어라 알데스타. 짐은 하나도 즐겁지 않다."

순간 강윤이 잔뜩 겁먹은 표정을 짓더니 쪼르르 뒤로 물러나 혼나기를 기다리는 학생처럼 허리를 숙인다. 마리가 강윤을 잠시 노려보더니 말을 잇는다.

"여기서 몇 달 버티는 건 아무 의미가 없어. 그 전에 이레니쿠스가 이 세상까지 싹 먹어 치워 버릴 거니까. 지금 당장 움직여야 해. 이 세상마저 사라지기 전에."

그러자 와니 쌤의 목소리가 들린다.

"이레니쿠스가 생각보다 훨씬 빨리 왔어요. 이레니쿠스가 여기까지 우리를 쫓아왔다면 슬라디넬라는 이미."

"흔적도 없이 사라졌단 뜻이지."

"아, 우리 고향. 아름다운 슬라디넬라."

"슬프긴 하지만, 그래도 사라와니. 정말 잘해 줬어. 덕분에 우리라도 살아남았고, 이만큼의 보루라도 남았으니."

"무슨 말씀을요. 해야 할 일을 했을 뿐인걸요."

와니 쌤이 두 손으로 로브 양쪽 끝을 잡고 무릎을 구부리고 허리를 살짝 숙인다.

'와니 쌤 원래 이름이 사라와니. 아니지, 조영완 선생님의 원래 이름이 사라와니였구나. 그런데 와니 쌤이 마리한테 계속 존댓말 쓰고 이제는 절까지 한다. 이게 대체 뭔 일이지? 마리, 아니 마리엘은 대체 누구지? 내가 아는 유마리가 맞기는 한 걸까?'

종훈은 답답하다. 그래서 일단 지금 오고 가는 이야기들을 종합해서 추리해 본다.

1. 종훈을 포함해서 여기 사람들은 모두 공교롭게도 종훈이 날마다 빠져 지내던 게임 이름과 같은 슬라디넬라라는 세계에서 왔다.

2. 슬라디넬라라는 세계는 이레니쿠스라고 불리는 드래곤인지 혹은 드래곤으로 변신할 수 있는 마법사인지 모르겠지만, 하여간 그 작자에게 완전히 파괴되었고, 종훈을 포함한 이 일행은 그 슬라디넬라에서 이 세계로 도망쳐온 망명객들이다.

3. 이 망명객 중 제일 신분이 높은 사람은 마리, 아니 마리엘이다. 그런데 이레니쿠스가 차원 이동인지 뭔지 모르겠지만 하여간 무슨 방법을 써서 여기까지 쫓아왔다.

줄거리는 대충 이렇다. 종훈이 이렇게 빨리 정리할 수 있는 것은 특별히 추론 능력이 뛰어나서가 아니다. 이런 종류의 게임을 하도 많이 해서 비슷한 스토리를 파악하는 것은 일도 아니기 때문이다.

그런데 답답하다. 다른 사람들은 다들 자기가 원래 누구인지, 슬라디넬라에서 무슨 일을 하던 사람인지 기억하는데, 종훈이 혼자 아무것도 떠오르지 않는다. 그야말로 여긴 어디인가, 나는 또 누구인가 상황이다.

"그동안 메르하바르가 성채만 구축한 게 아니라 병력도 제법 모은 모양입니다."

강윤이 테이블 위에 라이플을 털컥 내려놓으며 왼손을 쭉 뻗어

가리킨다. 강윤이 가리키는 손끝을 따라가니 50명 정도 되는 사람이 웅성웅성 모여 있다. 번쩍이는 갑옷이 위압적인 사람도 있고, 와니 쌤과 비슷한 로브를 걸치고 있는 사람도 있고, 가벼운 가죽 갑옷을 입고 활을 들고 있는 사람도 있다.

맙소사. 종훈이 다 아는 사람, 아니 캐릭터들이다. 다름 아닌 마법사 유마리를 추종하는 길드 멤버다. 본캐가 뭔지는 모르겠지만 어쨌든 저 복장과 모습은 게임에서 봤던 모습 그대로다.

"마리엘."

"아, 우리의 성스러운 여왕이시여."

"우리의 생명과 칼을 받아 주소서."

길드 멤버들이 차례차례 마리 앞으로 오더니 한쪽 무릎을 꿇고 우렁차게 맹세의 말을 읊는다. 넓은 홀 안으로 그들의 맹세 소리가 메아리치며 이리저리 튕겨 다닌다.

마리는 그런 그들의 인사를 아주 자연스럽게 받는 건 물론, 언제 꼈는지 왼손 약지에 끼고 있는 빨간 보석이 박힌 반지를 그들 앞에 내민다. 그러자 그들이 깊이 감동한 모습으로 다가와 무릎을 꿇고 그 반지에 두 번씩 키스한다.

저 여성이 누군지 전혀 모르겠다. 저건 마리도 아니고 게임 속의 마법사 유마리도 아니다. 외모만 비슷할 뿐 전혀 다른 사람이다. 이제는 마리가 낯설기만 한 게 아니라 살짝 두렵게 느껴진다.

"아직도 기억을 찾지 못했구나. 메르하바르."

어리둥절한 모습으로 서 있는 종훈을 향해 와니 쌤이 슬쩍 눈웃음을 던진다.

"메르하바르? 설마 그게 저?"

종훈이 얼떨떨한 모습으로 손가락을 자신을 향해 가리킨다.

"그래 너야."

"저 이종훈인데요? 쌤. 장난 그만 쳐요."

"너, 지금까지 이게 전부 장난칠 상황으로 보이니?"

"아뇨."

종훈은 저도 모르게 고개를 팍 숙인다. 애초에 고릴팔계니, 드래곤이니, 순간이동 마법이니, 성채니 하는 것들 자체가 다 말이 안 되는 상황이다. 이게 꿈도 아니고 헛것을 보는 것도 아니라면 심각해도 너무 심각한 상황이다.

사람이 다치고, 학교가 불타더니 이젠 세상이 멸망할 거라고 한다. 이런 상황에서 이름이 뭐냐고 따지고 드는 게 퍽 한심하게 느껴진다.

"저기, 그럼 대머리독수리, 아니 나성철 쌤은?"

웬일인지 갑자기 생활지도부장이 걱정된다. 하지만 야속하게 와니 쌤은 눈을 감고 고개를 가로젓는다.

"미안, 나도 모르겠어. 나 선생님도, 다른 아이들도 다 모르겠어. 어쩔 수 없었어. 우리도 간신히 빠져나왔으니까. 이 성채 밖에서 무슨 참상이 벌어지는지는 나도 몰라. 어쩌면 우리만 살아남았을

지도 모르고."

이쯤 되면 받아들여야 할 것 같다. 꿈도 헛것도 아니다. 이게 현실이다.

"이게 대체 무슨 상황이죠? 그리고 난 대체 누구죠? 쌤은 또 누구고, 쌤 맞죠? 마리는 또 어떻게?"

일단 이게 현실이라는 것을 받아들이자 질문이 쏟아져 나온다. 수업 시간에 이렇게 열심히 질문했으면 학교에서 투명 인간 신세는 면했을 텐데 왜 이제야 터져 나오나 싶다.

학교에서와 마찬가지로 와니 쌤이 눈을 초승달 모양으로 만들며 친절하게 대답한다.

"슬라디넬라의 기사 메르하바르 경. 그게 바로 너야."

"슬라디넬라는 게임 이름인데요?"

"그 게임 만든 사람이 나니까. 일종의 망향가랄까?"

"네? 쌤이 게임을요?"

와니 쌤이 게임 잘하는 건 알았지만 게임을 만들기까지 할 줄은 몰랐다.

"이 게임 엄청 인기인데, 그럼 와니 쌤 완전 재벌 됐겠네요."

"아, 돈은 별로 못 벌었어. 교사 겸직 금지 조항 때문에 아이디어만 제공하고 개발은 다른 회사가 했으니까. 난 우리 아름다운 고향을 기록하는 게 목적이었으니 뭐 이대로 만족해."

"그럼, 그 슬라디넬라라는 세계는 게임과 비슷한가요?"

"비슷해. 슬라디넬라는 이 세계와 다른 차원에 있는 세계인데, 우리는 이 세계를 물질계라고 불러."

"그럼 정신계?"

"음, 마법계라고 하는 편이 좀 더 이해가 빠르겠지?"

종훈이 고개를 끄덕인다. 아주 익숙한 세계관이다.

"그런데 슬라디넬라에 이레니쿠스라는 사악하지만 강력한 마법사가 있었어."

"아까 그 드래곤?"

"아, 그건 소환 변신 마법을 쓴 거고, 소환 변신과 정신 현혹이 그자의 주특기지. 그자는 원래 우리 같은 엘프야."

"우리라면?"

"마리엘도, 나도, 너도, 여기 있는 모두 다 엘프야. 슬라디넬라를 세우고 지배하는 고귀한 종족."

"아, 그런가요?"

이건 기분 나쁘지 않다. 내가 엘프? 슬쩍 웃음이 나온다. 그런 종훈을 보고 와니 쌤이 눈을 끔벅이며 주의를 시키더니 말을 계속한다.

"이레니쿠스는 마리엘과 함께 슬라디넬라에서 가장 강력한 마법사였어. 그리고 마리엘의 오랜 친구이기도 했고. 그런데 무슨 이유 때문인지 갑자기 그 강력한 마법을 사용하여 슬라디넬라를 뒤집어엎고 파괴하기 시작했어. 존재하는 모든 생명과 정신을 오직 자신의 명령과 의지에 복종하는 노예로 만들려고 한 거야. 우리가 그걸 알아챘을 때는 이미 때가 늦어 도저히 그자를 대적하기 어려운 지경이 되었지. 그래서 그자가 슬라디넬라를 파괴하기 전에 슬라디넬라의 모든 힘을 담은 생명의 오브를 다른 세계에 감추어 두어야 했어."

"그 다른 세계가 바로 여긴가요?"

"사회 시간에는 아무리 물어도 대답 안 하더니, 지금은 하나를 가르치면 열을 아네?"

"아, 쌤 그러지 좀 마요."

"미안, 음음."

와니 쌤이 헛기침을 몇 번 하더니 이야기를 계속한다.

"맞아, 바로 이 세계야. 그리고 그 일을 하기 위해 메르하바르, 즉 자네가 이 세계로 왔다. 이곳에 창조의 오브를 감추어 두고 지키는 것이 너의 임무. 그게 150년 전의 일이야. 만약 이레니쿠스가 창조의 오브마저 차지하게 된다면 슬라디넬라는 물론 이 다원 우주의 모든 세계가 그자의 노예로 전락하게 돼."

와니 쌤이 학교에서는 한 번도 보지 못한 심각한 눈빛으로 종훈을 바라본다.

'지금 누가 더 심각한 상태인지 모르겠다. 저게 다 말이 되는 소린가? 그럼 나도 나이가 적어도 150살은 넘었다는 뜻인데? 그래도 일단 넘어가 보자.'

"정말 와니 쌤 맞아요? 아니 대체 누구시죠? 지금 차림으로 봐선 절대 학교 선생님은 아니고. 아까 연세도, 그러니까 400살이 넘는다고 하시고. 그리고 마리는? 아까 그 괴물들도, 쌤도, 그리고 여기 계신 분들도 다 마리엘, 마리엘 하는 거 보니 그게 원래 이름인가요? 나이도 저랑 비슷하게 한 150살쯤 되고?"

그러자 와니 쌤이 까르르 웃음을 터뜨린다.

"150살? 와, 너 아부가 정말 심하구나. 그렇게 봐 준다면 마리엘도 고맙게 생각할 거야. 그래도 너무 말이 안 되지 않니? 슬라디넬라의 건국자이자 여왕이시고, 또한 나의 이모이기도 한 마리엘이 150살?"

종훈은 자기가 150살, 와니 쌤이 450살이 넘는다고 해서 황당했는데, 마리가 여왕이며 와니 쌤의 이모라고 하니 그냥 아래턱이 저절로 벌어진다. 더구나 건국자라니. 그럼 대체 몇 살이라는 걸까?

"그러니까 나이가, 아니 춘추가 얼마나 되셨는데요? 마리, 아니 마리엘, 아니 여왕님은?"

"그건 아무도 모른단다. 마리엘의 나이를 아는 사람은 마리엘과 이레니쿠스뿐이야."

아무리 이상한 이야기를 듣더라도 일단 믿어 주기로 마음먹고 나니 그렇게 이상하게 느껴지지도 않고 말도 술술 잘 나온다. 지금 실제 와니 쌤과 이야기를 나누는 건지, 아니면 슬라디넬라 게임에서 채팅방 대화를 캐릭터들끼리 나누고 있는지 무지하게 헷갈리지만, 일단 넘어가 보자.

"그럼 저만 생명의 오브인가 뭔가 감추러 여기 와 있어야지 어째서 다들 여기에 와글와글 모여 있는 거죠?"

"여긴 피난처니까. 슬라디넬라는 이미 이레니쿠스 손에 넘어갔거든. 대몽항쟁 때 강화도라고 생각하면 돼."

"죄송합니다. 역사는 별로 안 좋아해서."

"실망이네? 내가 그렇게 열심히 가르쳤는데? 웹캠이 뜨거워질 정도로."

"로그인만 하고 딴짓하고 있었어요."

종훈이 고개를 숙이고 머리를 긁었다.

"메르하바르."

그때 그 이름을 부르는 서늘한 목소리가 들린다. 잊을 수 없는 마리의 목소리. 그동안 종훈을 투명 인간으로 만들던 사무적인 목소리가 아니라 서로 얼굴 보며 놀던 시절, 관심, 배려, 그리움이 담겨 있던 바로 그 목소리다.

고개를 돌려보니 마리가 그를 바라보고 있다. 벌점 받는 한심한 전 남친 보는 눈이 아니라 관심과 애정이 담긴 눈으로 그를 바라보고 있다.

그런데 마리가 교복도 생활복도 아닌 옷을 입고 있다. 머리는 티아라로 장식하고 날씬한 몸매를 두드러지게 하는 날개같이 펄럭이는 드레스와 로브를 걸치고 있다. 종훈은 저 모습이 낯설지 않다. 마법사 유마리 캐릭터로 게임하면서 구입한 아이템들이니까. 종훈이 개인적으로는 가장 좋아하는 복장은 아니다. 어차피 입는 건 마리니까 개인 취향 존중.

그런데 마법사 유마리 복장을 하고 있는 마리를 보자 종훈은 자기도 모르게 고개를 숙이고 한쪽 무릎을 굽힌다.

"네, 넷."

이런 반사적인 동작이 나오는 걸 보면 종훈 자신이 정말로 그 메르하바르인지 뭔지 하는 기사가 맞을지도 모른다는 생각이 든다. 하지만 기왕 그럴 거면 메르하바르인가 뭔가 말고 그냥 기사 이종훈이었으면 한다. 여왕 마리엘이 아니라 마법사 유마리였으면 하고.

메르하바르인지 뭔지 하는 이름은 게임에서도 못 본 이름이다. 성채며 길드며 심지어 슬라디넬라라는 세계 이름까지 게임이랑 똑같은데 유독 남성 캐릭터 이름만 달라질 게 뭐란 말인가?

잠깐 고개를 들어 보니 마리가 바로 앞까지 다가와 있다. 마리가 눈을 또랑또랑하게 뜨고 30센티미터도 안 되는 거리에서 종훈을 똑바로 바라보고 있다.

마스크 쓰지 않은 마리 얼굴을 제대로 본 게 얼마 만인지 모르겠다. 열 달은 된 것 같다. 이렇게 마리가 바짝 다가와 바라보니 종훈은 엉뚱하게도 그만 부끄러워진다. 도저히 그 눈빛을 정면으로 마주하기 어렵다. 할 수 없이 다시 고개를 숙였다.

그러자 귀로 들리는지 머리로 바로 들어오는지 모를 마리의 목소리가 들린다.

"당신이 우리의 마지막 희망입니다."

평소보다 훨씬 차분한 목소리로 마치 노래하는 것처럼 말한다. 머릿속을 시원하게 만드는 소리다. 계속 들으면 그게 바로 힐링이라는 생각이 들게 만드는 소리다.

그런데 당신이라니? 마지막이라니? 희망이라니? 어색한 말뿐이다.

결국 마리가 보고 있는 건 종훈이 아니란 뜻이다. 이 말은 마리가 종훈에게 한 말이 아니라 여왕이 기사에게 한 말이다. 마지막 희망이야 창조의 오브인지 뭔지가 어디 있는지 메르하바르라는 기사가 알고 있으니 한 말일 것이고.

"미안하지만."

그래도 할 말은 해야겠다.

"나는 P 중학교 3학년 이종훈이야. 넌 내 친구 유마리고."

마리가 웃는다. 마리가 친근한 표정을 지어 보이며 중학생다운 말투로 말한다.

"물론 나도 알아. 내 친구 이종훈. 하지만 난 슬라디넬라의 여왕 마리엘이고, 넌 내 기사 메르하바르지."

"네가 원하면 아니 원하지 않더라도 난 네 기사가 되어 줄 거야."

마리가 친구라고 불러 준 한마디에 그만 감동해서 뱉긴 했지만 일단 입 밖에 내고 나니 너무 오글거려 쥐구멍이라도 파고 싶은 멘트다.

"고마운 말이네요."

하지만 마리는 이런 식의 말이 어색하지 않은지 차분한 목소리로 가벼운 미소만 던질 뿐이다.

마리가 자신을 믿고 의지하는 모습을 보인다. 이거면 된 거다. 세상이 발칵 뒤집혀서 엉망이 되어도 좋으니 이게 현실이면 좋겠다. 만약 꿈이면? 그럼 영원히 깨어나지 마라.

종훈은 아무리 꿈이라도 마리가 여왕인 것은 뭔가 어울리는데, 자신이 기사라는 것이 도무지 어색하다. 더구나 세상의 마지막 희망 소리를 듣는 기사는 너무 거창하다. 되고 싶은 생각도 없고.

"그런데 내가 무슨 일을 해 주면 되는데? 마지막 희망이라니 너무 부담스러워. 그래도 내가 할 일이 있다면 그게 네가 원하는 거라면 열심히 할게."

갑자기 마리가 눈을 감더니 그를 외면한다.

'아니, 뭔 말을 잘못했나? 또 시작인가? 기껏 다시 친구가 되나 했더니 또 투명해지는 거야? 이게 무슨 개꿈이야? 차라리 다시 깨는 게 낫겠다.'

이런 생각이 종훈의 머릿속을 휘젓다가 갑자기 흩어졌다. 맙소사 그를 외면하는 마리가 눈물을 흘리고 있다. 큰일이다. 이젠 울리기까지 했으니 마리와 영영 다시 친구 되기는 틀린 모양이다.

"자, 이리 와. 내가 설명해 줄게."

와니 쌤 목소리가 들린다. 수업 시간 때와 별로 다르지 않은 초승달 모양의 웃는 모습. 비록 복장은 영 이상하지만.

"네."

누구 말씀이라고 거역하겠는가? 종훈이 얌전히 와니 쌤 앞에 가 선다.

"이야기가 기니까 좀 앉으렴."

"네."

"마지막 희망이란 말은 우리가 고향 슬라디넬라를 되살리고 이레니쿠스를 물리치고, 이 세계와 다른 세계들을 멸망의 운명에서 구해 내는 일, 그리고 우리가 무사히 고향으로 돌아가 슬라디넬라의 아름다운 세상을 재건하는 일. 이 모든 일의 열쇠가 너한테 달려 있다는 말이야."

"제가요? 마리, 아니 마리엘 님은 그렇다 치더라도 저는 그냥 찐따인데요? 공부도 못하고 운동도 못하고 싸움도 못하고."

"에이, 무슨 말을 그렇게 하니? 찐따라니. 사람은 누구나 존귀한 잠재력을 가지고 있단다. 세상에 찐따는 없어. 스스로 자신의 진가를 모르는 사람만 있을 뿐이야. 너도 마찬가지야."

"하지만 쌤도 마리도 저를 메르하바르인가 뭔가 하는 기사라고 생각하잖아요? 하지만 아닌 걸요? 저는 공부도 운동도 싸움도 못

하는 중딩 이종훈이라고요."

"잠깐만. 일단 이야기 좀 들어 볼래?"

"아, 네."

"마리엘 님과 난 이레니쿠스의 음모를 오래전부터 알고 있었어. 그자가 언젠가 슬라디넬라를 파괴하고 세상을 노예로 만들 거라는 것을. 그래서 슬라디넬라의 모든 힘을 모아 만든 것이 창조의 오브야. 창조의 오브는 말하자면 슬라디넬라의 DNA가 저장된 일종의 메모리지. DNA와 그 정보를 바탕으로 세상을 창조할 수 있는 에너지가 함께 저장된 메모리."

"엄청나게 크지 않나요?"

"아니. 손가락 한 마디 만해."

"그걸로 세상을 복원한다고요?"

"오브를 여는 순간. 일종의 빅뱅이 시작되는 거야. 그 안에 무수히 접어 넣은 시간과 공간이 펼쳐지면서 말이지. 그리고 그 오브는 오직 마리엘 님의 DNA에만 반응하게 되어 있어. 제아무리 강력한 마법사라도 절대 열 수 없게 봉인되어 있거든."

"바이오 인증 걸린 컴퓨터 복원 같은 거네요."

"그렇게 이해하면 편하지."

와니 쌤이 고개를 끄덕인다.

"그럼 그게 어디 있죠? 창조의 오브. 그거 얼른 가져와서 복원하면 되겠네요."

"그래서 당신이 마지막 희망입니다. 메르하바르."

어느새 눈물을 거두었는지 마리의 목소리가 들린다.

또 마지막 희망 타령이다. 그리고 그 희망은 메르하바르라니, 기분 나쁘다. 황당하다.

지금 돌아가는 분위기로는 종훈이 곧 메르하바르인데, 아무리 머리를 굴려 봐도 메르하바르라는 이름은 전혀 떠오르지 않으니 말이다. 하지만 마리의 관심은 온통 메르하바르라는 녀석이 독차지하고 있다. 짜증 난다. 지금 종훈은 어쩌면 자신일지도 모르는 메르하바르를 질투하고 있다. 그런 자신이 너무 한심해서 더 짜증이 난다.

종훈의 속도 모르고 마리가 계속 말한다. 종훈에게는 한 번도 보여 주지 않던 간절한 눈빛과 목소리로 말한다.

"메르하바르, 이 모든 다차원 세계를 통틀어 창조의 오브가 있는 곳을 아는 존재는 당신뿐입니다. 나를 오브가 있는 곳까지 안내해 주세요. 이레니쿠스와 그 끄나풀들이 눈치채지 못하게 당신과 나 단둘이서 은밀히 이동해야 합니다."

"그런데 죄송합니다. 전 아무것도 몰라요. 아무 생각도 안 난다고요."

"제발. 우리의 약속, 우리의 추억, 그리고 우리의 사랑, 그 아름다운 시간과 말들을 다 잊었나요? 제발 돌아와 주세요, 메르하바르."

"미안해. 정말 생각이 안 나."

종훈도 답답해 미칠 지경이다. 이럴 때 창조의 오브인지 뭔지가 여기 있소이다 하고 턱 내어 놓으면 마리가 얼마나 좋아할까? 그런데 생각이 안 나는 걸 어쩌란 말인가?

"잘 생각해 봐. 마음을 가라앉히고 차분히 생각해 보렴."

와니 쌤까지 재촉한다.

"아니, 생각이고 뭐고."

"아, 뭔지 알겠어요."

갑자기 마리가 수행평가 발표할 때 같은 선명한 목소리를 낸다.

"뭐죠? 저도 궁금하네요. 메르하바르가 어째서 이렇게나 기억을 찾지 못하는지."

와니 쌤이 또랑또랑한 눈으로 마리를 바라본다.

"메르하바르는 자신에게 이중 아바타 마법을 걸었어."

"아아, 그렇군요."

와니 쌤이 그제야 알았다는 듯이 고개를 끄덕인다. 하지만 종훈은 전혀 이해할 수 없다. 여전히 벙찐 얼굴을 하고 마리를 바라본다.

이중 아바타? 그러니까 이종훈은 메르하바르의 아바타인데, 또 메르하바르는 이종훈의 아바타라는 뜻인가? 하여간 뭔가 엄청나게 꼬여 있는 그런 것임은 틀림없다.

어리둥절해하는 종훈을 보더니 와니 쌤이 차분한 목소리로 설명한다. 아무리 복장이 바뀌고 나이가 400살이 넘는 엘프가 되어도 이 세계에서나 저 세계에서나 선생님이긴 마찬가지인 모양이다.

"이중 아바타 마법은 이 세계로 넘어오면서 아바타 두 개를 만드는 수법이란다. 활동하는 인간형 아바타와 보존하는 사물형 아바타. 중요한 기억과 진짜 자아는 사물형에 집어넣어 봉인하는데 보통 보석이나 시계 같은 걸 많이 써."

"그럼 인간형 아바타는요?"

"인간형 아바타는 이 세계에서 이 세계 사람으로 살아가면서 미리 입력한 임무를 수행하는 거지."

"그럼 저는 메르하바르라는 기사가 만든 아바타라는 건가요?"

"미안하구나, 그래도 사실을 말해 주는 게 낫겠지. 맞아, 넌 마리엘 곁을 지키면서 만약을 대비해 성채를 건설하는 것이 임무야."

종훈은 갑자기 화가 치밀어 오른다. 그러니까 이종훈이라는 인간은 메르하바르라는 녀석이 만들어 놓은 일종의 골렘이라는 건가?

"그럼 내가 마리를 좋아했던 것도, 슬라디넬라 게임에 푹 빠져 있었던 것도, 그냥 미리 입력된 임무였다고요?"

와니 쌤이 말없이 고개를 끄덕인다.

"왜, 왜 그런 짓을 했죠?"

"이레니쿠스 눈을 피해 오래 숨을 수 없다는 것을 알았으니까. 결국 이레니쿠스 끄나풀에게 메르하바르의 위치가 발각되면 창조의 오브가 있는 위치를 알아내기 위해 끔찍한 고문을 할 것이고,

메르하바르가 아무리 용맹한 전사라도 결국 실토할 수밖에 없을 테니까. 하지만 이렇게 이중 아바타를 만들어 두면 종훈이 메르하바르의 아바타라는 것을 알아도, 또 다른 아바타를 찾아내지 못하는 한 창조의 오브는 안전하게 지킬 수 있게 되지."

"놈들이 저를 고문해도요?"

"아무리 고문해도 애초에 모르는 것을 불 수는 없잖아?"

"그럼 이제 저는 어떻게 되는 거죠?"

"사물형 아바타의 봉인을 풀어야죠."

마리 목소리가 들린다. 하지만 그 말의 내용은 종훈이 원하는 것이 전혀 아니다.

"그리고 제 곁으로 돌아와 함께 창조의 오브를 찾으러 가야죠. 내 사랑."

"아니, 그럼 나는 어떻게 되냐고? 나 이종훈은?"

종훈은 여전히 마리를 여왕님 대접하고 싶지 않다. 마리는 언제까지나 여친, 아니 전 여친 유마리일 뿐이다.

"그건."

갑자기 마리가 말문을 닫았다. 그리고 난처한 표정으로 와니 쌤을 본다.

와니 쌤의 얼굴도 영 좋지 않다. 한동안 둘이 곤란한 표정을 주고받더니 할 수 없다는 모습으로 와니 쌤이 입을 연다.

"미안해, 종훈아."

"네? 뭐가요?"

"메르하바르가 돌아오면, 넌."

"죽는군요."

"죽는다기보다는."

"그럼 지워지나요? 캐릭터 삭제되듯."

"미안해, 그런 것도 아니야. 넌 원래 없는 존재니까. 메르하바르가 아바타에 심어 놓은 가짜 기억이니까. 미안해. 이렇게 심하게 말해서. 받아들이기 어렵지? 이해해."

"내 인생이 다 거짓말이라고요?"

버럭 소리 지르며 뱉어야 할 대사인데, 마치 수업 시간에 선생님 질문 있어요 톤으로 나오고 말았다.

이상하다. 이런 말을 듣고 화도 나지 않는다. 순간 마리가 기사 이종훈 캐릭터를 삭제한 기억이 떠오른다. 소름이 돋는다. 어쩌면 마리는 그런 행동으로 종훈이의 미래를 알려 주려 했던 것일까? 넌 결국 지워지고 말 운명이라고?

그러고 보니 핵인싸 마리가 찌질하기 짝이 없는 자신과 친하게 지내 준 이유도 이제야 알 것 같다. 마리는 종훈을 좋아한 것이 아니었다. 마리엘이 메르하바르를 좋아한 것이다. 종훈은 마리엘의 연인인 메르하바르를 감추어 둔 그릇에 불과했다. 마리가 종훈과 가까이 지냈던 것은 언젠가 그릇을 깨고 나올 메르하바르를 기다렸던 것이다.

그런데 이제 마리엘이 그릇을 깨자고 한다. 자기 연인 메르하바르를 꺼내겠다고 한다.

메르하바르가 나오면 종훈이는? 내용물을 꺼낸 그릇, 다시 사용하지 않을 그릇이 어떻게 될지는 뻔한 일 아닌가? 버려지는 것이다. 마치 이 세상에 존재하지 않았던 것처럼.

벌써 시작했다. 우선 몸이 변했다. 어딜 봐도 이 몸은 저질 체력의 소유자 종훈의 몸이 아니다. 기술도 능력도 다 돌아왔다. 그럼 남은 건 기억뿐이다. 기억이 돌아오면 이종훈은 사라지는 거다.

싫다. 싫다. 싫다. 종훈은 고개를 세 차례 세게 가로저었다. 이렇게 지워질 수는 없다. 그리고 와니 쌤을 똑바로 바라보며 말했다.

"싫어요."

종훈이 태어나서 (애초에 태어난 적이 있는지는 모르겠지만) 처음으로 내뱉어 보는 단호한 대답이다.

"이렇게 그냥 지워지는 거 싫어요."

"제발."

마리가 다가온다. 그리고 종훈을 바라본다. 애잔한 눈빛이다.

"우리 고향 슬라디넬라, 그리고 이 세계, 그리고 다른 모든 평행 세계를 구해 줘. 부탁이야. 수백억 생명이 너한테 달려 있어."

종훈은 계속 고개를 가로젓는다. 말은 참 길게 하지만 한마디로 죽으란 말 아닌가? 다른 사람도 아닌 마리가 죽으라고 한다. 꿈이라면 깨지 말라고 했던 거 취소다. 종훈은 계속 고개를 흔들면서

'악몽아 깨어 나라'를 마음속으로 외친다.

마리가 종훈의 죽음을 원한다. 그런데 종훈은 마리를 사랑한다. 이건 열다섯 살 소년에게 너무 난해한 방정식이다.

"시간이 없어. 지금 당장 떠나야 해. 사물형 아바타는 어디 있지?"

마리가 바짝 다가오며 다그친다.

"이러지 마. 무서워. 죽고 싶지 않아."

"종훈아, 미안해. 너무 미안해, 종훈아."

마리가 손을 뻗어 종훈의 두 뺨을 감싼다.

부드럽고 포근하다. 그런데도 몸이 덜덜 떨린다. 추워서 떨리는 것은 아니다. 심장이 점점 빨리 뛴다. 가슴을 두드리고 튀어나오려 몸부림을 치는 것 같다. 그저 손 한 번 잡아 보는 게 소원이었던 마리가 이렇게 가까이 있다. 이렇게 서로의 체온을 나누고 있다. 그 숨결이 이마를 간질이고 있다.

하지만 종훈은 마리가 지금 무엇을 하려는지 안다. 그의 마음을 읽으려는 것이다. 그가 무의식 속에 감춰 둔 사물형 아바타의 비밀을 읽으려는 것이다. 그걸 알아내면 마지막 봉인을 풀고, 그럼 그는 죽는 거다.

'차라리 죽어 줄까?'

어차피 마리가 바라는 건 이종훈이 아니라 메르하바르다.

'사랑이란 누군가에 집착하는 것도, 누군가를 독점하는 것도 아

니랍니다.'

언젠가 성폭력 예방 교육인지 성인지 교육인지 하는 데서 무심코 흘려들은 말이 떠오른다. 정규 수업 시간도 제대로 안 듣는 종훈이 원격 수업으로 진행되는 창의적 체험활동 수업을 제대로 들었을 리 없지만 이상하게 이 부분만 계속 기억에 남았다. 아마 마리하고 거리가 멀어진다고 느끼던 무렵이라 '사랑'이라는 단어에 민감하게 반응한 모양이다.

성인지 교육 강사의 목소리가 계속 떠오른다.

'사랑이란 누군가를 진심으로 위하고, 그 누군가가 바라는 것, 그 누군가가 행복해지는 것을 마련해 주고 싶은 마음이랍니다.'

이 상태를 마지막 기억으로 가지고 떠나는 삶도 나쁘지 않다.

"죽느냐 사느냐 그것이 문제로다."

〈햄릿〉을 한 번도 본 적도 읽은 적도 없지만 갑자기 이 대사가 떠오른다. 심지어 영어로도 떠오른다.

'To be or not to be……' 음 다음이 뭐였더라? 종훈은 가만히 눈을 감는다.

'마리가 바라는 것이 나의 not to be 라면 기꺼이 그렇게 해 주자. 그렇게 함으로써 세상도 구할 수 있는데 망설일 필요 없잖아? 모처럼 이 찌질이가 마리에게, 심지어 세상에게 보탬이 된다는데 주저할 필요 없잖아? 마리가 메르하바르를 원한다면 마리에게 그녀석을 돌려주자.'

마리가 종훈의 뺨을 따스하고 부드럽게 쓰다듬으며 나직한 목소리로 뭔가 읊조린다. 이게 뭘까? 주문일까? 아니면 노래일까? 그때마다 종훈은 점점 정신이 몽롱해진다. 마리가 마음속으로 들어오는 것이 느껴진다.

'싫다. 이 느낌 싫다.'

아까 다잡은 마음이 한순간에 흐트러지고 순간 살고 싶다는 생각이 다시 솟구친다. 사랑이고 뭐고 일단 내가 살아야 가능한 거란 생각이 든다. 원하는 것을 해 주는 것이 사랑이라도 그게 자기 죽음일 수는 없다. 생명과 자유와 행복은 천부인권이라 절대 양도할 수 없는 것이라며?

"아니야, 아니야, 아니야!"

종훈이 날카로운 소리를 지르며 마리를 밀어냈다.

'정말 싫다, 이 상황. 이젠 정말 꿈이라야 한다. 깨어나야 한다.'

가위눌렸을 때 깨어나려면 꿈이라면 단서를 찾아야 한다고 어디서 들은 기억이 난다. 단서를 찾자. 대체 어쩌다 이런 이상한 상황에 들어온 걸까?

'PC방 문 닫고, 편의점에 갔다가, 집에 가서 다시 게임을 하는데, 게임을 하는데……'

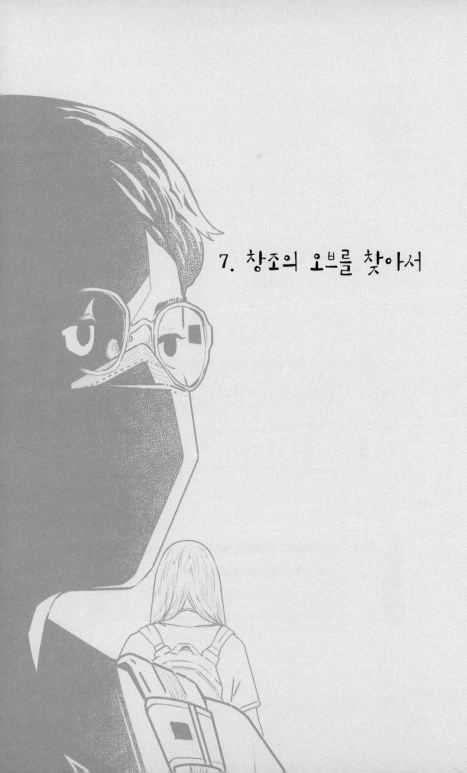

7. 창조의 오브를 찾아서

종훈은 컴퓨터 앞에 앉아있다. 컴퓨터 모니터 외에 집안에 불이
란 불은 다 꺼져 있다. 모니터에는 슬라디넬라 게임이 한창 펼쳐지
고 있다.

　종훈은 밤에 혼자 있을 때 방문을 닫지 않는다. 방 바깥에서 무
슨 일이 일어날 것 같은 엉뚱한 상상 때문이다. 하지만 불도 켜지
않기 때문에 모니터에 흐르는 게임 화면 따라 울긋불긋한 빛이 그
림자처럼 방문 밖으로 흘러나갈 뿐이다.

　마법사 유마리는 성채에서 추종자들의 아부를 즐기며 느긋하게
휴식하는 중이다. 그런데 갑자기 팡파르 소리가 들리더니 두루마
리 하나가 나타난다.

> 새로운 퀘스트가 나왔습니다.
> 퀘스트를 확인하시겠습니까?

어떻게 할까? 종훈은 고민한다. 슬쩍 시계를 보니 이미 새벽 1시 반이다. 아무리 작은 퀘스트라도 완수하려면 서너 시간은 걸린다.

'그럼 완전 날밤을 새우는데. 사복 입고 몰래 들어갈 거라 지각이든 뭐든 학주한테 꼬투리 잡히면 안 되는데……. 그런데 왠지 아주 재미있는 퀘스트일 것 같은 예감이 드는데. 어쩌지?'

- 마리사마 해요, 해요.
- 우리가 알아서 할 거니까 그냥 따라만 오세요.
- 퀘스트 고고.

길드원과 추종자 들이 벌써 흥분해서 난리다. 그들을 실망시킬 수는 없다. 게임 바닥, 셀럽 되는 것도 한순간이지만 바닥 가는 것도 한순간이다. 특히 여성 캐릭터라면 더 그렇다.

'에라 모르겠다.'

종훈이 수락 버튼을 클릭한다. 그러자 두루마리가 활짝 열리면서 마치 양피지에 써 놓은 룬 문자 같은 모양의 한글이 천천히 흘러간다.

슬라디넬라의 정수, 슬라디넬라의 모든 생명의 비밀을 담은 창조의 오브를 사악한 마법사 수키네리의 음모로부터 보호하라. 수키네리는 종종 사악한 드래곤의 모습을 하는 막강한 악마다.

그가 침범할 수 없는 단 한 군데는 바로 오르곤 타워. 오르곤 타워의 제일 꼭대기 첨탑 아래 창조의 오브를 감추라. 오르곤 타워가 어디에 있는지는 알려지지 않았다. 다만 두 개의 물이 흐르다 막힌 곳, 엘프가 오크에게 치욕을 겪은 곳에서 막힌 물을 굽어보는 곳에 있다고 알려졌을 뿐. 위험이 따를 것이다. 수키네리가 당신을 추적할 것이다. 수키네리의 사악한 수하들이 당신이 그곳에 가는 것을 막을 것이다. '신성한 복수의 검'을 확보하라. 오직 그 검만이 수키네리의 마법으로부터 당신을 지킬 수 있다. '신성한 복수의 검'에서 당신의 또 다른 영혼을 불러내라. 그렇다면 당신은 완전한 힘을 얻게 될 것이다.

어렵다. 도저히 몇 시간으로 끝날 퀘스트가 아니다. 하지만 어쩔 수 없다. 이미 우글우글 모여 있는 추종자 무리는 새로운 모험 앞에 기대감에 잔뜩 부풀어 있다.

추종자들을 실망시키면 안 된다. 셀럽이 되었다는 것은 이미 달리는 호랑이에 올라탄 것이나 다름없다.

종훈이 두루마리를 다 읽자 인벤토리에 새로운 아이템이 하나 추가된다. 다름 아닌 '창조의 오브'.

이때 추종자 중 하나인 줄 알았던 어느 궁수가 갑자기 검은 날개를 휘두르는 박쥐로 변신한다.

- 첩자다.
- 잡아라.

길드원들이 다급하게 외치며 박쥐를 향해 마비, 화석화 마법 등을 날린다. 하지만 박쥐는 와드를 미리 준비해 왔는지 눈 깜짝할 사이에 어딘가로 사라져 버리고 없다.

- 수키네리의 끄나풀이 여기까지 와 있었어.
- 지금 플레이어 아닌 캐릭은 다 제거합시다. 누가 플레이어고 누가 NPC인지 확인합시다.
- 그러는 님이 NPC 아님?
- 무슨 개소리임? 님이야 말로 NPC같은데?
- 닥치고 현피 뜨자.
- 뭐? 너 아이피 대.

길드가 부글부글 끓는다. 하지만 수십 명의 캐릭터 중 누가 플레이어고 누가 NPC인지 조사할 방법이 뭔지 잘 떠오르지 않는다.

서로 "너 인간 아니지?" 이렇게 물어보는 수밖에. 이렇게 길드는 퀘스트 모험을 출발도 하기 전에 사분오열이 나고 시계는 2시 반을 넘어간다. 시작부터 꼬였다.

길드원 간의 다툼이 점점 심해지더니 종훈의 채팅창이 온통 욕설로 추정되는 약자와 특수기호 이모지 등으로 가득 찬다.

"당신 그게 무슨 소리야?"

길드원의 다툼을 보고 슬슬 짜증이 차오르던 종훈의 머릿속에 별안간 그저께 엄마 아빠가 다투던 소리가 포개져 들린다.

새벽 3시 반. 종훈이 당연히 자고 있을 거라 생각하고 두 분이 언성을 높였지만, 사실 종훈은 말똥말똥한 상태였다. 계속 게임하다 현관문 열리는 소리를 듣고 얼른 불 끄고 침대에 누웠기 때문이다. 무슨 말이 오가는지 생생하게 다 듣고 말았다.

"다시 말할게. 이제 더는 못 해. 그만 정리해."

엄마의 딱딱 끊어지는 목소리가 들렸다.

"아니, 그럴 수 없어."

아빠의 목소리가 점점 작아지고 있었다. 하지만 엄마 목소리는 그대로다.

"당신 꼴 좀 봐. 그리고 내 꼴도. 나, 너무 힘들어. 그런데 우리 이런다고 무슨 비전이라도 있어?"

"이제 큰 고비는 넘었다고 하잖아? 곧 사회적 거리두기도 해제할 거라고 하고. 조금만 더 견뎌 보자고. 그럼 직원들도 다시……."

하지만 엄마는 그 말을 더 듣고 싶은 생각이 없는지 단숨에 말을 끊고 들어온다. 원래 엄마 주특기다. 종훈도 엄마한테 말허리를 끊긴 게 한두 번이 아니다.

'아빠도 나랑 마찬가지 처지였구나. 뭔 말을 못 하게 하네.'

엄마 목소리가 점점 크게 들린다.

"이제 고비 넘었다, 또 한고비 넘었다. 이게 벌써 언제부턴지 알아? 자그마치 3년이야, 3년. 난 못해. 더는 못해."

"이 가게, 당신 만나기 전부터 시작해서 20년 넘게 꾸려 왔어. 그런 가게를 어떻게……."

"알아, 안다고. 당신 혼자 꾸린 가게 아니잖아? 하지만 20년이든 30년이든 안 되는 건 안 되는 거야. 우리 종훈이 좀 봐. 엄마라고 하는 사람이 코로나로 가게 어렵다며 중학교 입학하는 것도 제대로 못 챙겨 준 게 내내 눈에 밟히는데, 이 꼴로 벌써 고등학교 갈 나이가 됐어. 애가 3년째 부모 얼굴도 제대로 못 보고, 혼자 잠드는 거 불쌍하지도 않아? 나도 학교에서 원격 수업 좀 빠지지 않게 해 달라, 지각 좀 안 하게 해 달라, 이런 문자 받는 것 지쳤어. 되지도 않는 장사 하면서 계속 애한테 죄짓는 것 같은 느낌 너무 싫다고……."

"그래도, 이젠 정말 코로나도 끝날 것 같은데."

"코로나 끝나면? 거리두기 해제되면? 뭐가 얼마나 달라지는데? 우리 집이 음식점이야, 술집이야? 우리 외국 손님 와야 옷 한 벌이라도 파는 거잖이? 그런데 코로나 끝나고 외국 손님들 다시 돌아오려면 거기서 또 몇 년인데? 그리고 어디 코로나만 문제야? 코로나 몇 년 전에 한한령이다 뭐다 해서 중국 손님 끊어진 거 기억 안

나? 우리 가게는 그때부터 어려웠다고. 그리고 나서 코로나 닥쳤고. 코로나 끝난다고 옛날로 다시 돌아갈 수 있을 것 같아? 어림없어. 종훈이 고등학생 되는데 그때도 이렇게 밤새도록 애 혼자 집에 둘 거야? 그나마 값 쳐 준다는 사람 나왔을 때 정리하자. 응?"

"가게 관두면 우리가 무슨 일을 하는데?"

아빠가 애원했지만 엄마는 딱 부러지게 대답했다.

"이렇게 5년을 버텼는데 무슨 일인들 못해? 난 멀쩡한 시간에 종훈이 얼굴 보며 살 수만 있으면 아무리 험한 일이라도 다 할 수 있을 것 같아."

"하아, 거참."

아빠가 긴 한숨을 내쉰다.

"아침에 얘기하자. 이러다 애 깨우겠다."

이 모든 내용이 생생하게 기억난다. 수업 시간에 들은 건 (별로 듣지도 않지만) 하루도 안 지나서 다 잊어버리는데 이런 건 왜 이렇게 끈질기게 기억에 남아 틈만 나면 비집고 나와 재생되는지 모르겠다.

고개를 설레설레 흔들고 나니 엄마 아빠는 사라지고 다시 슬라디넬라 게임이 한창인 모니터가 나타난다. 길드원들은 아직도 말다툼을 계속하고 있다.

- 마리 사마. 어떻게 할까요?

- 마리님. 결정 부탁.

이런 종류의 메시지가 잔뜩 밀려와 있다. 길드에 민주주의 따위
는 없다. 결국 결정은 마법사 유마리의 몫, 즉 종훈의 몫이다.

종훈이 마침내 전체 길드원에게 메시지를 날린다.

- 첩자 찾는 일은 나중에. 우선 퀘스트부터 진행해요. 어쩜 첩자의 목적
  이 정보가 아니라 이간질일 수 있어요. 정보가 목적이었다면 창조의 오
  브를 가지고 있는 나를 그냥 두지 않았을 거예요.

메시지 효과가 즉시 나타난다.

- 맞음.

- 싸우지 말자.

- 선 퀘스트 후 색출.

- 마리 사마 만세.

이런 등등의 답상이 날아오며 바로 분위기가 화기애애하게 바뀌
었다. 종훈이 다시 전체 메시지를 날린다.

> - 우선 팀을 나눌게요. 마전사 님 파티와 귀멸의도끼 님 파티는 '신성한 복수의 검'을 찾습니다. 젤렌스키 님 파티와 탑건 님 파티는 오르곤 타워가 어디 있는지 찾아보세요. 그리고 활빈당 파티 님들은 수키네리라는 드래곤의 위치와 경로를 조사해 주세요. 일단 한 시간 뒤에 다시 성채로 모여 주세요.

종훈은 자기도 모르게 어깨가 으쓱하는 것을 느낀다. 여기서는 투명하지 않다. 비록 마법사 유마리의 탈을 쓰고 있지만, 저들 중 누구도 이종훈이라는 중학생에게 명령받는다는 것을 알지 못하지만, 수십 명에게 이래라저래라 명령하는 기분이 얼마나 짜릿한지는 학생회장 오종도 모를 거다.

게다가 이 명령의 내용은 종훈 스스로 생각해도 제법 괜찮다. 이만하면 수십 명의 기사와 마법사를 거느린 여왕 같은 존재에 어울리는 딱 부러지고 현명한 명령 아닌가?

공부 머리 따로 지혜 머리 따로인 게 분명하다. 현실의 이종훈은 존재감 없는 찐따 학생일지 몰라도 적어도 슬라디넬라 세계에서 마법사 유마리의 캐릭터를 입고 난 다음부터는 게임 스탯 상의 수치인 지능 97, 지혜 98에 딱 맞는 말과 행동을 해 왔다. 누구도 종훈, 아니 마법사 유마리의 결정에 딴지를 걸지 않았다.

8. 이레니쿠스와의 결전

그렇게 밤새도록 게임을 했다.

스스로 생각해도 제정신이 아니었다. 오후 4시부터 10시까지 여섯 시간이나 PC방에서 게임하고, 다시 11시부터 밤새도록 게임하고. 정말 미쳤다. 열여덟 시간 동안 먹은 것이라고는 컵라면 하나 반이 전부고.

만약 지금 마리며 와니 쌤이며 온갖 엘프들이 소멸되느냐 마느냐 하는 상황에 부닥친 것이 꿈이라면, 이따위 꿈을 꿔도 싸다.

하지만 꿈이 아니라면? 분명 혼나야 할 만큼 엉망으로 살아오긴 했지만 그렇다고 죽을죄를 지은 것은 아니다. 그럴 수는 없다. 살아야 한다.

그렇다면 게임의 기억이 유일한 단서다. 그 퀘스트를 어떻게 했더라? 다 해결했던가 아니면 깨지 못 했던가?

순간 종훈은 거대한 빛의 기둥이 하늘에서 내리꽂히는 것 같은 기쁨을 느꼈다. 하늘을 날아오를 것 같다는 기분은 너무 촌스러운 표현이다. 하늘이 온통 종훈에게 쏟아지는 것 같은 기분이다.

퀘스트를 다 깼다.

새벽 4시 반 무렵 마법사 유마리와 그의 길드는 사악한 드래곤 수키네리의 방해를 물리치고 그 퀘스트를 완료했다. 사악한 드래곤 수키네리는 마법사 유마리가 길드 내 최강 기사에게 빌려준 '신성한 복수의 검'의 일격을 맞고 두 동강이 났다.

즉 '신성한 복수의 검'도 찾았고, 창조의 오브를 '오르곤 타워'인가 뭔가 하는 곳에 감추었다.

그런데 사악한 드래곤 이름이 수키네리가 수상하다. 알파벳으로 쓰면 Sukineri. 어어? 이거 뒤집어서 쓰면 Irenicus. 맙소사 이레니쿠스! 그렇구나. 게임이 게임이 아니었다. 그게 현실이었다. 게임 속에서 한 일이 현실에도 나타나는 것인지, 아니면 현실에서 한 일을 마치 게임에서 한 것처럼 기억이 조작된 것인지는 모르겠다.

어쨌든 신성한 복수의 검을 찾아낸 것도, 창조의 오브를 오르곤 타워에 감춘 것도 모두 종훈이다. 메르하바르가 미리 심어 놓은 프로그램에 따라 했을지 몰라도 어쨌든 그 일을 한 사람은 메르하바르가 아니라 종훈이다. 그러니 메르하바르를 불러올 것 없다. 종훈이 기억을 잘 살리면 둘 다 찾을 수 있다.

한마디로 종훈은 사라질 필요가 없다. 종훈은 살아남아야 하고 살아남을 수 있다.

만약 이 성채가 게임과 구조가 같다면 종훈은 귀한 아이템을 보관하는 창고가 어디에 있는지 알고 있다. 그리고 그곳에 '신성한 복수의 검'이 보관된 게 맞는다면, 게임에서 '오르곤 타워'가 있던 그 자리에 '창조의 오브'도 있을 것이다. 현실 세계가 슬라디넬라와 다르게 생겼지만 오르곤 타워를 찾아낸 단서를 잘 활용하면 찾을 수 있을 것이다.

웃음이 나온다.

'메르하바르 녀석, 엿이나 먹어라. 난 계속 이종훈으로 살아갈 거다. 이종훈이 창조의 오브를 찾아 이 세계든 저 세계든 다 구할 거다.'

"내가 알아요."

마침내 자신감을 얻은 종훈이 힘차게 입을 열었다.

"뭐를?"

와니 쌤의 눈이 동그래진다.

"메르하바르라는 녀석이 한 일이 내 기억에 남은 건지, 아니면 내가 게임 속에서 한 일인지는 모르겠지만 여튼 다 알아요. 신성한 복수의 검이 이 성채 안에 있다는 것도 알고, 창조의 오브를 오르곤 타워에 감추었다는 것도 알아요. 내가 메르하바르가 만든 가짜 기억인지 허상인지는 모르겠어요. 하지만 설사 그렇더라도 난 삭제되지 않을래요. 나한테 그런 권리가 있잖다는 것 인정하시죠? 사회 시간에 그렇게 가르쳤잖아요? 생명과 자유와 행복 추구의 권리가 있다고요."

막상 말을 해 놓고 나니 헷갈린다. 자신이 살아 있다고 의식하는 프로그램은 인권을 누릴 자격이 있을까 없을까? 자신을 의식하는 프로그램은 자기 뜻과 반대로 삭제되거나 변형되는 것을 거부할 권리가 있을까 없을까?

'아니, 내가 왜 프로그램이나 메모리야? 왜 나까지 이 헛소리를 믿으려 하는 건데?'

종훈은 세차게 고개를 흔들었다. 순간 와니 쌤의 눈 가장자리가 부드러운 곡선으로 바뀌는 모습이 보인다.

"네가 권리를 주장한다면 존중해야겠지. 누구도 너의 기본권을 포기하라고 강요할 순 없어. 판단은 네 몫이야."

"사라와니! 저 애송이한테 우리, 아니 온 세계의 운명을 건다고요?"

알데스타가 벌떡 일어서며 목소리를 높인다.

"그렇다고 우리가 이종훈을 삭제하고 메르하바르를 불러온다면 우리가 이레니쿠스와 뭐가 다른 거지?"

와니 쌤이 엄한 표정을 지으며 알데스타를 노려본다.

"사라와니 말이 옳아."

이번에는 마리 목소리가 들린다. 게임 속 마법사 유마리보다 더 근엄하고 카리스마 넘친다.

"악마를 무찌르기 위해 우리가 악마가 될 순 없어."

"이해해 주셔서 고맙습니다. 마리엘."

와니 쌤이 공손하게 허리를 숙여 인사한 뒤 종훈을 보며 살짝 윙크한다. 선생님한테 쓸 말은 아니지만, 솔직히 귀엽다.

"종훈아."

이번에는 마리가 종훈이를 찾는다.

"네, 네?"

평소와 다른 모습을 한 마리가 갑자기 부르자 종훈은 감히 "응." 따위의 대답을 못 하고 저도 모르게 존댓말로 응답하고 말았다.

"좋아. 한번 해 보자."

"뭐, 뭐를요?"

"나 지금 유마리로 말하는 거야. 편하게 말해도 돼."

"으, 응. 그럼 뭘?"

"세계를 구하러 가자. 창조의 오브를 찾아서. 유마리와 이종훈이. 같이 가 줄 거지?"

'같이 가 줄 거냐고? 그걸 말이라고 해? 당연한 거 아니야?'

너무 흥분한 종훈은 말이 입으로 나오지 않아 고개만 세차게 아래위로 흔들었다. 고개를 어찌나 세게 흔들었는지 턱이 덜덜 떨릴 정도다. 드디어 마리가 자신을 봐 주고 있다. 메르하바르가 아닌 이종훈으로.

"시간이 얼마 남지 않았어. 바로 준비해."

"알았어. 아이템들 챙길게."

종훈은 게임에서 마법사 유마리가 아이템 보관하는 포털이 어디 있는지 떠올려 본다. 지금 마리가 서 있는 자리 바로 옆에 있는 와이번 조각의 머리 부분이다.

아니나 다를까 종훈이 와이번 머리를 살짝 돌리자 포털이 열리면서 아이템 보관 창고가 모습을 드러낸다.

"잘 만들었네. 훌륭해."

강윤, 아니 알데스타가 손뼉을 친다. 와니 쌤도 꽤 놀란 모습이다.

하지만 그들의 놀란 모습은 창고에 들어간 종훈이 신성한 복수의 검을 들고 나오자 거의 경외감에 사로잡힌 모습으로 바뀌었다. 신성한 복수의 검은 길이가 종훈이 신장의 절반이나 되는 거대한 양날 검이다. 손잡이에는 커다란 붉은색 보석이 박혀 있는데 마치 살아 있는 것 같이 반짝였다.

종훈은 직감적으로 저 보석이 그 두 번째 아바타, 메르하바르의 정신이 봉인된 사물형 아바타라는 것을 깨달았다. 물론 마리에게도 와니 쌤에게도 말할 생각은 없다.

검을 들어 이리 저리 흔들어 보니 무게감이 전혀 느껴지지 않고 얼마든지 사용할 수 있을 것 같다.

'계속 거기서 주무시고 계시라고 기사 양반. 난 마리와 모험을 떠날 테니까.'

종훈의 얼굴이 그리 예쁘지 않은 미소로 가득 덮였다.

"이제 순간이동 마법을 쓸 거야. 종훈이, 네가 정해. 어디부터 찾아볼까?"

어느새 마리가 나타나서 말한다. 손에는 긴 지팡이를 들고 머리에는 여러 가지 색깔의 보석들이 박힌 티아라, 그 밖에 갖가지 보석이 박힌 목걸이와 팔찌를 하고 있다.

종훈은 저 보석들이 장식품이 아니라는 것을 안다. 저건 마법사가 아이템을 풀 장착한 모습이다. 이미 마리는 마법사 만렙인데, 저렇게 아이템까지 치렁치렁 달고 있으면 그야말로 무적 캐릭터나 다름없다. 마리가 저렇게 중무장 한 모습을 보니 갑자기 이 여행이 아주 위험해질 거라는 불길한 예감이 든다.

"석촌 호수."

"석촌 호수라고? 어째서?"

"내 기억이 그렇게 말하고 있으니까. 창조의 오브는 오르곤 타워에 감추어져 있다고."

"그런데 그게 석촌 호수야?"

"오르곤 타워는 두 개의 물이 흐르다 막힌 곳, 엘프가 오크에게 치욕을 겪은 곳에서 막힌 물을 굽어보는 곳에 있다는 예언서를 봤어. 그게 어쩌면 메르하바르가 남긴 기억의 단서가 아닐까? 그런데 석촌 호수는 두 줄기로 흐르던 한강의 한 줄기가 막힌 곳이잖아? 그리고 바로 그곳이 조선이 오랑캐 만주족에게 치욕적인 항복을 했던 삼전도가 있는 곳이고."

"아니, 종훈아. 너 그런 걸 어떻게 알고 있니?"

와니 쌤이 눈을 번쩍 뜨며 말한다.

"쌤한테 배웠잖아요. 사회 시간에."

"알면서 물어본 거야. 히히."

와니 쌤이 낄낄거리며 웃는다. 뭐냐, 이건? 저렇게 신관 복장을 하고 있으면서도 여전히 개구쟁이 와니 쌤 그대로라니. 어쨌든 그 웃음 덕분에 종훈은 위험한 원정에 나선다는 긴장감이 가라앉고 마음이 가벼워지는 것을 느낀다.

'아, 장난친 게 아니구나. 장난치는 척하면서 성직자의 축복 마법을 걸어 주었구나.'

하지만 와니 쌤은 종훈이 그 예언의 마지막 문장을 감추고 말하지 않았다는 것을 모르는 기색이다.

'신성한 복수의 검에서 당신의 또 다른 영혼을 불러내라. 그렇다면 당신은 완전한 힘을 얻게 될 것이다.'

절대 말하지 않을 생각이다. 또 다른 영혼을 불러내 완전한 힘을 얻는다는 것은 곧 종훈의 소멸 혹은 삭제를 의미하는 것이니까. 이 퀘스트는 기사 이종훈과 마법사 유마리가 함께 해치울 거다. 함께 세계를 구할 거다.

"자, 포털 연다. 석촌 호수로."

마리가 지팡이를 높이 치켜올리자 마리와 종훈을 거대한 거품이 에워싸더니 주변 풍경이 점점 흐려진다. 성채도 와니 쌤도 강윤도 희미한 실루엣처럼 보이다 사라졌다. 이윽고 거품이 사라지자 종훈과 마리는 온갖 잡초로 가득한 황무지 한가운데 섰다.

"여긴 대체 어디야?"

"잠실, 석촌 호수 앞."

마리가 담담하게 대답한다.

"말도 안 돼."

순간 종훈의 다리에서 힘이 쑥 빠진다. 주저앉고 싶어진다. 하지만 마리 앞이니 그럴 수는 없다. 다리를 신전 기둥처럼 꼿꼿하게 세우며 버텼다. 하지만 동공 지진만큼은 감출 수가 없다.

'이 황무지가 잠실이라고? 우리나라에서 손꼽히는 번화가인 잠실? 그런데 지금 이 꼴이 뭐지? 그저 쑥과 갈대가 무성한 황무지일 뿐이다. 쑥과 갈대, 그야말로 쑥대밭이잖아?'

그러고 보니 이 쑥대밭 가운데 썩은 물이 둥둥 떠 있는 호수가 고약한 냄새를 풍기며 표주박 모양으로 똬리를 틀고 앉아 있다. 그 모양을 보니 아무리 봐도 석촌 호수가 맞는 것 같다.

세계가 망하니 어쩌니 하는 말, 그냥 하는 말인 줄 알았다. 현실인지 꿈인지 도무지 알 수 없지만 어쨌든 기껏해야 괴물들 나타나서 사람들이 좀 다치고 겁먹고 그런 정도로 알았다. 아무리 그래도 세계 8대 군사 강국인 대한민국이 몇몇 괴물과 마법사 하나 정도는 처치했을 거라 생각했다.

하지만 상황을 보니 장난이 아니다. 잠실이 이렇게 허허벌판이 되었다면 여기서 살고, 일하고, 먹고, 놀던 수많은 사람은 어떻게 되었을까? 롯데타워에서 일하는 사람만 10만 명이고, 잠실역 하루 유동 인구가 20만 명이 넘는다고 들었는데, 그 사람들은 다 어떻게 되었을까?

그 많던 고층빌딩, 레스토랑, 카페는 다 어디로 사라진 것일까? 자꾸 거대 박쥐와 고릴팔계에서 찢기고 얻어맞던 학생들과 생활지도부장 선생님 모습이 떠오른다. 그 모습이 수십만 시민으로 확대된다. 끔찍하다. 우리나라가 망했다. 고작 마법사 하나와 괴물 몇 마리 때문에.

"이레니쿠스가 벌써 휩쓸고 갔어."

마리가 슬픈 표정을 지으며 종훈의 곁을 스쳐 지나간다. 반쯤 공기에 떠 있는 것 같은 가벼운 걸음이다. 발이 땅에 닿기나 하는지 모르겠다.

"그런데 롯데타워는 남아 있네."

마리가 손가락으로 가리키는 끝에 무너진 건물의 잔해가 거대한 폐허가 되어 그들을 내려다보고 있다. 워낙 거대한 건물이라 무너졌지만 여전히 40층 정도 높이가 남아 있다.

"저게 오르곤 타워야."

종훈이 3분의 1만 남은 롯데타워를 올려다보며 조금 오버하는 톤으로 내뱉었다.

"날마다 보던 곳이?"

"등잔 밑이 어두운 법이거든."

"그럼, 여기 창조의 오브가?"

"여기 전망대에 감춰 두었어."

"그런데 타워가 무너져 버렸네. 전망대는 어디로 갔을까?"

"주변을 뒤져 보자."

"그럴 필요 없어. 창조의 오브는 내 DNA와 반응하니까. 멀지 않은 곳에 있다면 바로 반응할 거야. 벌써 신호가 와. 금방 찾을 수 있어."

"다행이다."

그제야 긴장이 풀린 종훈이 쑥대밭에서 그나마 평평한 곳을 찾아 풀썩 주저앉는다.

"이따 큰 마법을 써야 하니까 나도 좀 쉬어야겠어."

마리가 갈대 위에 사뿐히 앉았다. 어떻게 가능한지 모르겠지만 갈댓잎 끝에 앉았어도 갈댓잎은 조금도 처지거나 꺾이지 않고 바람이 불 때마다 이리저리 흔들리고 있다. 확실히 유마리가 아니라 마리엘이 어울리는 모습이다. 그렇다면 그 곁에는 이종훈이 아니라 메르하바르가 있어야 어울리겠지. 종훈은 갑자기 우울해졌다. 그 순간 현타와 함께 엉뚱한 말이 튀어 나간다.

"너, 지금 마리엘이야, 유마리야?"

'이따위 질문이 왜 튀어나온담.'

하지만 주워 담을 수도 없다. 어쩌면 이 말을 하기도 전에 마리가 마음을 읽었을지도 모른다. 정말 마리엘이라면 말이다.

"난 마리엘. 하지만 유마리이기도 해. 나는 마리엘의 아바타가 아니야. 그냥 유마리로 위장하고 살았어."

마리의 대답은 덤덤하다.

"그럼 유마리한테 물어볼게. 갑자기 나 씹은 거, 왜 그랬어? 왜 갑자기 톡도 씹고, 문자도 씹고, 학교에서도 쌩까고 그랬어? 내가 너무 한심해서 같이 다니기 쪽팔렸어?"

또 이불킥 할 말이 튀어나왔다.

'너 왜 이러냐 정말? 이 상황에서 대체 이딴 걸 왜 물어보는데?'

스스로 생각해도 너무 찌질해서 종훈은 자신이 입고 있는 갑옷, 차고 있는 장검이 너무 부끄럽게 느껴진다.

"아니. 절대 그렇지 않아. 마리는 종훈이를 진심으로 좋아했어."

그런데 뜻밖에도 마리의 대답이 상큼하다. 이건 상상 그 이상의 대답이다.

기왕 시작한 거 끝까지 가 보자. 찌질해 보여도 좋아. 마음의 찝찝함은 다 털고 싶어. 마음이 놓인 종훈은 연거푸 질문을 던진다.

"그럼, 혹시 내가 뭔가 잘못하거나 너 화나게 한 일 있어? 혹시 있었다면 뭔지 모르지만 무조건 내가 잘못했으니까 용서해 줘."

"그럴 일 없어. 넌 아무것도 잘못한 거 없어."

"그런데 왜?"

"미안해. 마리가 갑자기 거리를 둔 건 이레니쿠스의 끄나풀들이 냄새를 맡았기 때문이야. 그놈들은 내가 유마리로 위장한 것을 알아챘고, 네가 메르하바르의 위장이 아닐까 의심하고 있었어. 그래서 거리를 두어야 했어. 난 그놈들로부터 자신을 지킬 능력이 있지만, 메르하바르의 영혼을 다른 곳에 봉인한 상태에서 넌 안 그랬으니까. 만약 놈들이 네가 메르하바르의 아바타라는 것을 알아냈다면 끔찍한 일이 벌어졌을 거야."

"날 끌고 가서 고문했겠지. 창조의 오브가 어디 있는지 대라며. 하지만 난 아무것도 기억 못하고. 그러면 또 고문하고. 으윽, 생각만 해도 끔찍해."

"그래서 거리를 두어야 했어. 기사 이종훈 캐릭터도 지우고, 가능하면 너랑 아무 사이 아닌 것처럼 보여야 했어. 너무 힘들었지? 미안해."

"아니 괜찮아. 결국 날 지켜 준 거니까."

종훈이 고개를 가로저었다. 그러자 마리가 종훈을 바라본다. 마리의 눈빛이 정확하게 종훈의 두 눈에 와서 꽂힌다. 아니 두 눈을 뚫고 가슴으로 파고든다. 종훈은 마리가 메르하바르를 보는 게 아님을 느낀다. 마리는 종훈을 보고 있다. 종훈은 더 이상 마리엘의 연인을 담은 그릇이 아니다. 유마리의 친구 이종훈이다.

"고마워, 그리고 사랑해."

자기도 모르게 종훈의 입에서 이 말이 튀어나왔다. 아차 싶었지만 이미 나온 말이다. 되돌릴 수도 없고 지울 수도 없다. 그저 이를 어쩌지 하는 표정으로 마리의 눈치를 살피는 수밖에 없다.

그런데 마리가 웃는다. 두 눈을 초승달 모양으로 동그랗게 말고서 웃는다. 뭐라고 말은 하지 않지만 그 웃음만으로 충분하다. 종훈은 가슴이 두근거리고 얼굴이 후끈 달아올랐지만, 여자아이들처럼 손바닥으로 부채질하기는 겸연쩍어 뺨을 쓱쓱 문질렀다.

하지만 그 훈훈한 분위기는 오래가지 못했다. 뭔가 섬뜩한 느낌이 든다. 기분 나쁜 느낌이다. 초승달처럼 말렸던 눈이 바늘처럼 날카롭게 치켜 올라갔다. 무슨 일인지 물어보려는데 마리가 허리를 숙이고 조용히 하라는 모양의 손짓을 한다.

'뭔가 수상해. 어두운 생명의 흔적이 느껴져.'

종훈의 머릿속에 마리의 목소리가 들린다. 하지만 마리는 키 큰 갈대 사이에 몸을 숨기고 아무 말도 하고 있지 않다. 생각을 바로 상대방의 마음에 투사하는 마법이다.

'이레니쿠스의 함정일까?'

종훈도 할 말을 생각으로 떠올려 본다. 이러면 마리한테 전달될까?

'아무래도 그런 것 같아. 방심했어.'

전달이 잘 된 모양이다. 즉시 마리의 대답이 머릿속에 들렸다.

'우리가 이리 올 걸 알고 기다리고 있었군.'

'창조의 오브가 있는 곳은 알고 있지만, 내가 없으면 찾을 수가 없으니 기다리고 있었던 거야. 아, 짐작했어야 했는데 너무 서둘렀어. 나이를 이만큼이나 먹고서도 이런 실수를 하다니. 바보같이.'

'자책하지 마. 상대는 이레니쿠스야.'

'그래, 이레니쿠스. 슬라디넬라 만큼이나 나이를 먹은 노물이지.

그 긴 시간을 살아오며 내내 교활한 술수와 사악한 마법을 휘둘렀던 독물. 기왕 속았으니 이제 싸우는 수밖에.'

마리가 옷자락을 뒤로 뿌리치며 숙였던 허리를 펴고 일어섰다. 연분홍색 로브 사이사이로 살짝 드러난 하얀 살결이 햇빛을 받아 반짝이고, 자주색 투구 아래로 흘러내린 긴 머리카락이 바람을 받아 춤추듯 흩날리고 있다.

그 순간 그들이 서 있는 둘레로 커다란 불꽃이 원을 그리며 일어선다. 시뻘건 불꽃이 순식간에 사람 키 두 배 높이로 커지더니 거대한 불의 장막을 만들어 그들을 에워싼다. 마리의 얼굴에 반사되는 불꽃의 그림자가 마치 마리가 화형이라도 당하는 것 같은 착각을 불러일으킬 정도다. 종훈이도 뺨이 익어 가는 것 같은 뜨거움을 느낀다. 고약하다.

"화염의 장막! 써클 5등급 마법이라. '그' 이레니쿠스의 환영 인사 치곤 수준이 너무 떨어지는군요. 실망이네요."

마리가 침착한 모습으로 나풀나풀하던 머리카락을 쓸어 넘긴다. 그리고 얼음 같은 목소리로 노래하듯 말한다. 그리고 나직한 목소리로 주문을 외운다.

"퀠렉 키리 린 린 리트 롬."

단 몇 마디뿐이었는데 금방이라도 그들을 바비큐 덩어리로 만들 기세로 날름거리던 불꽃이 한순간에 가라앉았다. 불을 끈 것이 아니다. 연기조차 남지 않게 불을 소멸시킨 것이다. 마치 불꽃을 뿌

리째 뽑아내 어디론가 날려 버린 것 같은 모습이다.

짝, 짝, 짝, 짝.

난데없이 박수 소리가 들린다. 일부러 천천히 시간을 두어 가며 두드리는 박수 소리. 감탄은 전혀 느껴지지 않고 오히려 조롱이 느껴지는 기분 나쁜 박수 소리.

"하, 마리엘. 당신의 마법은 갈수록 아름답군. 멋져, 아주 인상적이야. 나도 한 수 배우고 싶은 정도라니까."

박수 소리가 멈추자 화염이 사라진 자리에서 듣기 거북한 바리톤 음성이 들려온다.

종훈은 구토가 나오려는 것을 억지로 참았다. 그 음성은 울림이 많아 무슨 말을 하는지 알아듣기 모호했고, 말 한마디 한마디가 들릴 때마다 마치 커다란 망치로 뒤통수를 얻어맞아 뇌진탕이라도 일어났거나 아주 심한 코로나 후유증에 시달리는 것 같은 어지러움을 느끼게 했다.

이윽고 검은 망토를 걸친 키가 큰 중년 남자가 불길이 사라진 곳에서 마치 땅속에서 솟아나듯이 모습을 드러냈다.

"이레니쿠스!"

마리가 지팡이를 치켜올린다.

"오, 마리엘. 150년 만의 만남인데, 지난번엔 긴가민가해서 미처 인사도 나누지 못했군. 자신이 무슨 얼빠진 중학생인 줄 알고 있는 모습이 너무 귀여워 크게 웃어 준다는 게 그만 불을 뿜고 말았다니까. 이제 제 모습으로 돌아오셨으니 정식으로 인사를 드려야지. 아름답고 거룩한 여왕 폐하. 미천한 이레니쿠스가 감히 알현을 청하오니 부디 손등에 키스하는 영광을 베풀어 주시기 바라나이다."

"물러서. 이 우주의 요물, 저주받은 정령아! 우주의 먼지가 되어 사라져 마땅한 사악한 노물."

순간 종훈이 이레니쿠스와 마리 사이를 가로막으며 버럭 소리를 지른다. 종훈은 방금 자신이 내지른 소리가 그냥 소리가 아니라는 것을 안다. 이것은 최고 레벨 기사들만이 구사할 수 있는 '위대한 함성' 마법이다. 휠윈드도 했는데 이걸 못 할까 싶어서 한번 질러 봤는데 정말로 된다. 종훈이 한 음절 한 음절을 낼 때마다 목소리에 강력한 충격파가 실려 나가면서 땅이 흔들리고 주변의 갈대가 거의 땅바닥에 누울 정도로 흔들린다.

하지만 이레니쿠스는 이 엄청난 함성이 휩쓸고 지나가는데도 옷자락 하나 펄럭이지 않는다.

"허어, 저 메르하바르 꼴을 한 애송이 녀석 입버릇이 아주 거칠군. 아무래도 혼내 줘야겠어. 그래야 네 녀석 대신 그 잘난 몸뚱이의 주인 메르하바르가 나타날 것 아닌가?"

"함부로 지껄이지 마라. 네 놈을 베어 버릴 테니."

"허어, 이 애송이 녀석. 메르하바르가 덤벼도 상대가 될까 말까 한데 메르하바르 껍질만 가지고 뭘 어쩌겠다고. 하지만 걱정하지 마라. 아름다운 여왕, 사랑스러운 마리엘을 먼저 해치우고, 네 놈

목숨은 조금 더 붙여 둘 테니."

이레니쿠스의 말이 끝나기가 무섭게 한 줄기 섬광이 번득이며 마리에게 작렬했다. 순간 마리의 몸이 종잇장처럼 맥없이 붕 떠오르더니 종훈의 발 앞에 풀썩 쓰러졌다. 마리가 고통스러운 기침과 함께 검붉은 핏덩이를 토해 낸다.

"마리야!"

종훈이 급히 마리를 안아 일으키며 이레니쿠스를 노려본다.

"비겁한 놈, 기습하다니."

마리가 종훈의 손을 잡고 말한다.

"진정해. 나 괜찮아. 이건 기습이 아니야. 처음 써클 5마법으로 시작해서 내가 방심했어. 서클 9 마법 죽음의 광선을 주문도 없이 즉시 쏘아 보낼 수 있으리라곤 상상도 못 했어. 방심해서 보호 마법 소환하는 것도 잠시 잊은 내 탓이야. 쿨럭."

마리가 연거푸 기침을 토해 냈다. 그러면서도 억지로 웃는 얼굴을 만들어 보인다. 그렇다고 종훈의 마음이 풀릴 리 없다.

"이레니쿠스!"

종훈이 허리에 차고 있던 장검을 뽑아 들었다. 신성한 복수의 검이다.

이름 그대로 파란 광채가 솟구치며 복수심에 불타는 모양이다.

종훈이 검을 가볍게 움직여 원을 만들 때마다 그 파란 광채가 더 커지면서 마치 커다란 거품처럼 그를 둘러싼다.

"비겁한 새끼. 넌 오늘 나한테 죽었어."

"하아, 어떤 마법이라도 해제할 수 있다는 신성한 복수의 검이로군. 이거 고마워서 어쩌나? 애타게 찾고 있던 무기를 이렇게 제 손으로 바치러 오다니."

"헛소리는 집어치우고 죽을 준비나 해."

"하하하, 이 애송이 녀석아. 내가 그 정도 대비도 하지 않았을 것 같은가?"

이레니쿠스가 비웃으며 손을 치켜올리자 땅속에서 시커먼 형상들이 기분 나쁜 소리를 흥얼거리며 불쑥불쑥 튀어나온다.

"트롤들!"

"자아, 어쩌실 텐가? 고귀한 기사 껍데기 중학생 꼬마야. 네가 날 공격한다면 아름다운 여왕께서 그만 트롤들 간식거리가 되고 말 걸세! 듣자 하니 사라와니 신관이 이 세계에서 사회 가르치는 선생 노릇을 했다며? 그래 선생님이 이럴 때는 어떻게 하라고 가르치시든? 도덕적 딜레마라고 하든? 흐흐흐흐. 이거 참 진귀한 윤리학 실습이로군.

자, 더러운 땅 귀신 트롤들아, 잔치가 시작되었다. 부드러운 고기가 저기 있다. 아름다운 엘프 여왕의 달콤하고 향긋한 고기가 보이지 않느냐? 지금 여왕께서는 너무 편찮으셔서 힘을 내지 못하신다. 두려워 말고 얼른 가서 즐기거라."

이레니쿠스가 손을 휘두르자 키가 3미터는 넘어 보이는 트롤들이 일제히 마리를 향해 달려든다.

종훈은 미친 듯이 검을 휘두르며 트롤들을 막았다. 그의 검이 허공을 스칠 때마다 파란빛이 번득이며 트롤의 두꺼운 가죽을 예리하게 갈랐다. 하지만 트롤은 워낙 몸집이 큰데다가 상처도 순식간에 아물었기 때문에, 한두 번 공격으로 쓰러지지 않았다. 귀청을 찢을 것 같은 비명을 지르고 몸부림치며 버티는 트롤을 세 번, 네 번 연거푸 베어야 비로소 쓰러뜨릴 수 있었다.

종훈은 점점 눈동자가 흔들리며 시야가 흐려지는 걸 느낀다. 손바닥에 식은땀이 배어 검을 단단히 쥐기 어려울 정도다. 트롤이 너무 많다. 한 놈 한 놈 이런 식으로 해치워서는 도저히 끝이 나지 않는다. 마리는 아직도 몸을 일으키지 못하고 있다. 트롤들이 점점 마리에게 가까워진다.

이때 이레니쿠스의 야비한 웃음소리가 가까이서 들린다.

"하아, 트롤들을 먼저 상대하시겠다? 이봐 기사 껍데기 소년. 그대는 지금 나를 무시하고 있는가, 아니면 눈물겨운 사랑 때문에 이성이 눈멀어 버린 건가? 트롤들보다 나를 상대하는 것이 더 급할 텐데?"

이레니쿠스의 앙상한 거미 가시 같은 손가락들이 그보다 더 앙상한 그림자를 흘리며 종훈을 향한다. 그러자 그림자들이 살아 있는 것처럼 꿈틀거리더니 회색 안개 덩어리가 되어 꿈틀꿈틀 기분 나쁜 각도를 만들며 날아온다.

"제장, 지옥의 숨결!"

종훈이 입에서 비명에 가까운 탄식이 터져 나왔다.

한 모금만 들이마셔도 치명적인 타격을 받는 사악한 마법. 더구나 이 치명적인 안개는 엘프의 존재를 감지하여 표적으로 삼고, 한 번 표적이 된 엘프를 계속 쫓아와 생명을 앗아갈 때까지 멈추지 않는다.

하지만 종훈은 이내 신성한 복수의 검으로 죽음의 안개를 막아 낼 수 있다는 것을 떠올린다. 문제는 이 안개를 상대하는 동안 아직 기운을 차리지 못한 마리가 트롤들 손에 갈기갈기 찢어지고 만다는 것이다. 그렇다고 트롤들을 상대하면 죽음의 안개가 두 사람의 목숨을 모두 앗아갈 것이다. 더구나 그러는 동안 이레니쿠스는 계속 다른 사악한 마법 공격을 날려 댈 것이다.

'어쩐다? 이럴 때 어떻게 해야 하지?'

종훈은 일단 칼을 꼿꼿이 세운 채 두리번거리는 것밖에 할 수 있는 일이 없다. 도무지 다음 행동을 결정하지 못하겠다.

"투르 하 아마타 아리엔 갈 라하 로스 로트 몰 남 캐 릴!"

이때 갑자기 날카로운 목소리가 들린다. 쓰러져 있던 마리가 어느샌가 일어나 외치는 소리다. 그 목소리와 함께 그들과 트롤들, 심지어 이레니쿠스가 있는 곳을 포함한 반경 수십 미터가 한낮의 태양보다 몇 배나 밝은 찬란한 연두색 빛의 물결로 넘실거린다.

빛의 물결에 갇힌 트롤들의 비명이 들린다. 발부터 위로 서서히

돌이 되어가기 시작한 것이다. 트롤들이 공포에 가득한 모습으로 입까지 돌이 되자 더 이상 비명도 들리지 않았고, 얼마 지나지 않아 트롤들은 모두 거대한 석상이 되었다가 한 자락 숨결과 함께 와르르 무너지면서 흙먼지가 되어 날아가 버린다.

"아."

종훈의 입이 벌어지더니 다물어지지 않는다.

엄청난 마법이다. 더 놀라운 광경은 지옥의 숨결, 저 끔찍한 안개덩이가 빛의 물결에 닿자마자 연분홍색의 따뜻한 향기가 되어 부드럽게 흩어지는 모습이다. 그 모습은 놀랍다 못해 성스럽고 아름답기까지 하다.

"성스러운 빛의 커튼!"

이레니쿠스의 입에서 도저히 나올 것 같지 않던 목소리가 흘러나왔다. 바로 두려움에 젖은 목소리.

그러나 두려움에 젖은 것은 이레니쿠스뿐이 아니다. 그 마법의 이름을 듣는 순간 종훈의 얼굴도 돌이 된 트롤처럼 굳어 버린다. 성스러운 빛의 커튼이 어떤 마법인지 잘 알기 때문이다.

이 마법은 세상에 존재하는 선한 정령들과 신의 정수를 모두 소환하는 강력한 마법이다. 흑마법과 조금이라도 연결된 대상을 모두 중화시켜 그 존재를 소멸해 버리는 선의 정화. 그러나 이 마법은 자신을 세상의 모든 정령과 신이 지나다니는 통로로 제공할 각오가 없으면 감히 시도하지 못한다. 아무리 튼튼한 마법사라도 자기 몸을 여러 세계의 정령과 신을 불러들이는 통로로 제공해야 하기 때문에 한 번 구사하고 나면 탈진하고 만다. 심지어 이 마법을 시전한 마법사가 끝내 건강을 회복하지 못하고 목숨을 잃어버릴 확률이 30퍼센트가 넘는다. 목숨을 걸고 흑마법에 맞서는 백마법 최후의 무기인 셈이다.

'마리는? 이미 이레니쿠스의 기습에 당해 심한 상처를 입은 마리는?'

아니, 아니 그럴 리 없다. 마리가 누구야? 마리는 마리엘이다. 대마법사 마리엘에게 보통 마법사의 경우를 들이댈 수는 없다. 마리엘은 엘프의 여왕이며, 슬라디넬라의 역사나 다름없다. 마리엘은 정령과 신들의 통로가 아니라 스스로 정령이며 신이다. 마리는 아무 일 없이 일어설 것이다. 종훈은 이미 결과를 예상하고 있음에도 불구하고 있는 힘껏 현실을 부정했다.

한편 이레니쿠스 쪽의 현실은 훨씬 가혹하고 즉각적이었다. 급히 빛의 커튼을 벗어나려 빠르게 이동 마법을 시도했지만, 아무리 흑마법의 고수라도 빛보다 빨리 움직일 수는 없는 법. 결국 빛의 장막에 에워싸인 이레니쿠스의 몸에서 검은 연기가 솟아났다. 그의 몸에 쌓여 있던 흑마법의 정기가 중화되기 시작한 것이다.

이레니쿠스가 급히 몸을 움직여 거대한 드래곤으로 변신한다. 하지만 드래곤의 몸으로도 여전히 검은 연기가 뭉클뭉클 빠져나가는 것을 막지 못한다. 그 거대한 날개를 아무리 펄럭여도 장막 밖으로 한 발짝도 벗어나지 못한다. 이때가 기회다. 절대 놓쳐서는 안 된다.

종훈은 신성한 복수의 검을 곧게 세운 뒤 파란 섬광을 일으키며 드래곤을 향해 달려들었다. 드래곤이 온 힘을 다해 입에서 불길을 뿜었지만 종훈이 칼을 내리긋자 불길이 양쪽으로 갈라진다. 종훈은 갈라진 불길 사이로 몸을 날리며 드래곤을 향해 칼을 힘껏 내리쳤다. 눈 한 번 깜짝할 사이도 없이 드래곤의 몸뚱이가 두 개의 거대한 덩어리로 갈라져 버렸다.

세로로 두 조각 난 드래곤의 몸뚱이가 요란하게 꿈틀거리며 다시 붙으려 애썼지만 그때마다 종훈이 칼로 내리쳐 두 조각을 네 조각으로, 네 조각을 여덟 조각으로 만들었다.

마침내 드래곤이 형체를 잃어버리며 회색 안개가 되어 버렸다. 회색 안개가 사람 모양으로 뭉쳤다 흩어지기를 반복하며 다시 형상을 만들어 보려 안간힘을 쓴다. 그걸 보고 있을 종훈이 아니다.

"휠윈드!"

종훈이 기합을 크게 외치며 검을 풍차처럼 돌리자 강한 바람이 회색 안개를 향해 폭풍이 되어 몰아쳤다. 그 바람에 회색 안개는 흩어지지 않으려 기를 쓰고 저항했지만 결국 산산이 흩어져 버렸다.

해치웠다! 저 이레니쿠스를 해치웠다!

하지만 종훈은 승리했다는 느낌보다는 오히려 어이없다는 표정으로 이레니쿠스가 서 있던 자리에 칼을 꽂고 주저앉았다. 이겼다는 것이 너무 비현실적이다. 그냥 아무 일도 없는 것 같다. 막상 해내고 나니 고작 이건가 하는 생각도 든다.

'아 참, 마리.'

종훈이 빠르게 눈동자를 돌리며 마리를 찾았다. 마리는 허리를 반쯤 들어 올린 채 엎드려 있다. 상체를 간신히 지탱하며 땅을 딛고 있는 가느다란 팔의 굴곡 위로 핏물이 방울방울 흘러내리고, 목련꽃 같이 빛나던 얼굴에는 보라색과 녹색이 뒤섞인 불길한 반점들이 점점 넓게 자리를 펼치고 있다.

"마리야!"

종훈이 억지로 몸을 일으키려고 떨고 있는 마리를 안아 일으켰다. 이미 마리의 몸에는 한 줌의 힘도 남아 있지 않은지 그의 품에 안기자마자 두 팔이 축 아래로 처진다.

"해치웠구나."

마리가 입가로 희미한 미소를 지으며 들릴 듯 말 듯 한 목소리로 말한다. 종훈은 대답 대신 고개를 끄덕였다.

"잘했어. 해낼 줄 알았어. 아, 이제 이걸로 다 되었어."

"되긴 뭐가 돼? 네가 이렇게 아픈데 되긴 뭐가 돼?"

"우리가 얻은 걸 생각해. 이 정도는 작은 대가야."

"아무리 그래도 대체 그런 몸으로 그런 무모한 마법을."

"쉬이."

마리가 고개를 살짝 흔들며 종훈이 입술에 손가락을 댄다.

"선택의 여지가 없었어."

"왜 없어? 내가 트롤들을 다 해치우고 나서 이레니쿠스를 베어 버리면 되는 거였는데……."

"그럼, 그 전에 넌 죽음의 숨결을 마시고 한 줌 핏물로 녹아 버렸을 거야. 물론 나도."

마리가 가쁘게 숨을 몰아쉬며 말한다.

"알았어. 이젠 아무 말도 하지 마. 성채로 워프할게. 와니 쌤이 치유해 주실 거야."

종훈이 와드를 집어 들었다. 하지만 마리가 와드를 잡은 종훈이의 손목을 잡는다.

"소용없어. 이미 생명의 마지막 한 방울까지 다 빛으로 태워 버렸으니까. 이 몸으로는 성채까지 워프를 견딜 수 없어. 미안해. 이제 나한테는 말 몇 마디 남길 시간밖에 남지 않았어. 그래도 기뻐. 널 구했고, 우리 종족의 숙적을 해치웠고, 더구나 그자를 해치운 용사가 너라서 자랑스러워. 이제 내가 떠나면."

"떠나지 마, 절대. 이건 아니야. 이제 널 다시 찾았는데 이렇게 헤어질 수는 없어."

"이미 죽음이 눈앞에서 재촉하는 게 보여. 엘프들의 영원한 고향, 별빛이 반짝이는 새벽 나라의 모습도 보이고. 그러니 부디 내 부탁을 들어줘. 내가 떠나면 내 반지를 들고 타워로 가. 이 반지에 바로 창조의 오브를 여는 열쇠, 나의 유전자가 들어 있어. 슬라디넬라와 이 세계의 부활이 오직 너한테 달렸어. 마지막으로 네 모습을 보며 떠날 수 있어서 기뻐."

"잠깐."

갑자기 종훈이 굳은 얼굴을 하며 자리에서 일어섰다.

"막을 수 없는 운명이라면 마지막으로 네게 줄 것이 있어."

종훈이 신성한 복수의 검을 들어 올리더니 거기 박힌 보석에 오른손 손바닥을 올리고 왼쪽으로 돌린다.

"종훈아, 너, 지금, 그러면……."

"알아."

"그러지 마."

"아니, 해야만 해. 사랑해 마리야. 널 너무 사랑하니까, 네가 가장 원하는 일을 해 줄게. 내가 주는 마지막 선물이야. 네가 마지막 시간을 내가 아니라 그 녀석이랑 함께했으면 좋겠어."

"종훈아……."

"안녕, 마리. 나의 사랑, 나의 친구, 그리고 나의 군주."

순간 보석에서 옅은 파란색의 안개가 솟아오르더니 종훈의 정수리로 맹렬하게 달려들어 간다. 종훈의 몸이 잠시 부르르 떨리는가 싶더니 눈을 번쩍 뜬다. 눈을 번쩍 뜬 종훈이 가쁜 숨을 몰아쉬는 마리를 안아 올린다.

마리의 얼굴이 환하게 빛나며 자신을 안아 올린 더 이상 종훈이 아닌 존재의 목에 두 손을 감싸며 말한다.

"오셨군요. 메르하바르. 150년 만에 다시 만나는군요."

"아, 나의 군주시여."

"당신이 치밀하게 준비해 둔 덕분에 우리가 이겼어요."

"네, 이겼네요. 이기고말고요. 하지만 무슨 소용인가요? 폐하를 잃어버린다면 그 많은 승리와 영광에 무슨 의미가 있습니까?"

"슬퍼하지 마세요. 이게 저의 운명이고 의무일 테니. 당신도 마지막 의무를 다하세요."

이제는 운명을 거스를 수 없음을 받아들인 메르하바르가 말없이 고개를 끄덕인다. 눈물을 흘리지 않으려 어금니를 꽉 깨물고 있는 탓에 얼굴이 부르르 떨린다.

"그리고 메르하바르. 내 사랑. 계속 저를 군주니 폐하니 그렇게 부르실 건가요? 이 세상에서 당신이 나를 부르는 마지막 말이 그런 것이라야 하나요? 들려주세요. 메르하바르. 나를 불러 주세요."

"마리엘, 사랑하는 마리엘. 내 사랑 마리엘. 슬라디넬라에 사는 모든 엘프와 인간의 목숨보다 소중한 마리엘. 당신을 위해서라면 신과도 기꺼이 맞설 만큼 사랑하는 마리엘."

"아아, 드디어 그 말을 듣네요. 고마워요. 당신과 함께라서 행복했어요. 그리고 아직 남아 있다면 종훈이한테도 전해 주세요. 고맙다고, 마리도 종훈이를……."

말을 채 마치기도 전에 마리엘의 눈이 감기며 고개가 아래로 처진다. 그다음에 일어날 일을 너무 잘 아는 메르하바르는 맥없이 쳐진 마리엘의 몸을 있는 힘껏 끌어당긴다.

엘프는 존재하는 한 불멸이지만 일단 죽음을 맞이하면 육체가 즉시 소멸한다. 이레니쿠스가 그랬고 마리엘도 예외는 아니다. 숨을 거두는 순간 메르하바르가 결사적으로 끌어안고 버텼지만 마리엘의 육체는 연두색으로 반짝이는 향긋한 연기가 되며 그의 품을 벗어나 흩어지고 말았다.

남은 것은 오직 반지 하나다.

메르하바르가 딱딱하게 굳은 얼굴을 하고 반지를 집어 든다. 믿을 수 없다. 수백 년, 아니 헤아릴 수 없는 긴 세월 동안 엘프를 다스렸던 고귀한 여왕이 더 이상 존재하지 않는다. 마리엘이 없는 슬라디넬라라니. 그런 세상은 상상해 본 적도 없다. 마리엘은 슬라디넬라 그 자체였다. 더구나 메르하바르에게 마리엘은 삶이며, 슬라디넬라이며, 세계이며, 우주였다. 그 앞에 마리엘이 존재한 것이 아니라 마리엘 안에 그가 존재했다. 그런데 이제 마리엘이 더 이상 존재하지 않는다. 메르하바르도 존재의 근거를 잃었다.

반지를 손바닥에 올려 본다. 단 하나 남은 마리엘의 흔적이다. 그리고 마리엘이 남긴 마지막 명령. 마리엘의 유언. 그것을 완수하는 것 외에 메르하바르에게는 삶의 의미가 없다.

메르하바르가 반지를 꼭 쥐고 천천히 몸을 일으켰다. 반지가 창조의 오브를 열면 그 안에 담긴 위대한 창조의 힘이 슬라디넬라뿐 아니라 물질계, 그리고 그 밖에 이레니쿠스에게 멸망한 모든 세계가 원래의 모습을 찾을 것이다.

만약 그렇게 되면 슬라디넬라의 마리엘은 몰라도 물질계의 유마리는 돌아올 수도 있지 않을까? 그것이 메르하바르의 마지막 희망이다. 만약 그렇게만 된다면 메르하바르는 기꺼이 자신을 지우고 자기 몸을 종훈에게 돌려줄 생각이다. 종훈의 세상이니 종훈이가 살아가게 해 줄 생각이다.

수많은 전투로 거칠어진 그의 얼굴 위로 작은 강물 두 줄기가 흘러내린다.

9. 새벽 5시, 집 안에서

아직 어둠이 물러서기에는 이른 새벽 5시다. 아파트는 온통 어둠에 싸여 있고, 간혹 한두 집에 뜬금없이 불이 켜져 있다. 누군가 벌써 일어난 것일까 아니면 불 끄는 것을 잊어버린 것일까?

아파트 주차장을 가득 채운 자동차도 모두 잠들어 있다. 그 고요한 어둠을 뚫고 카니발 한 대가 조심스럽게 들어선다. 3열 좌석을 앞으로 접어 짐칸을 확장했는데, 그마저도 온갖 화물로 가득 차 있어 2열마저 접어야 할 판이다. 아무리 봐도 사람 타고 다니는 용도로 쓰는 차는 아니다. 아니나 다를까 널쩍한 문에는 '신신패션: 각종 의류 도소매'라는 상호와 전화번호가 커다랗게 새겨져 있다.

늦은 (혹은 너무 이른) 시간이라 구축 아파트의 비좁은 주차장은 이미 가득 차 있고 어쩌다 남은 것도 카니발의 커다란 몸집을 밀어 넣기에 쉽지 않은 자리 하나뿐이다. 그래도 카니발 운전자는 이런 일에 익숙한지 마치 경차처럼 가볍게 움직이며 좁은 자리에 정확하게 차를 세웠다.

차가 완전히 멈추고 문이 열리자 세상의 편견을 뒤집어 놓기라도 하는 듯 운전석에서 자그마한 중년 여성이, 조수석에서 머리가 벗겨지기 시작한 중년 남성이 내린다.

두 사람이 아무 말 없이 아파트 안으로 들어선다. 그들의 집은 2층이라 엘리베이터를 탈 필요가 없다. 1층에 배달된 쿠팡프레시인지 마켓컬리인지 비닐 박스가 통로 절반을 막아 걸리적거린다. 그들의 무거운 발걸음 소리가 유난히도 크게 아파트 통로를 울리는 것은 기분 탓이거나 주변이 너무 조용해서일 것이다.

띠로리.

남자의 지문을 인식한 자물쇠가 열린다. 문을 열자 그들 앞에 온통 시커먼 어둠으로 가득한 공간이 펼쳐진다. 어디가 시작이고 어디가 끝인지 가늠할 수 없는 암흑의 세계다.

"현관 등이 왜 안 켜지지?"

"센서 고장 났나 봐. 아이, 짜증 나. 장사도 안 되는데 돈 나갈 일만 자꾸 생겨."

여자가 투덜거린다. 그런데 어둠 깊숙한 곳에서 희미한 음악 소리가 들린다.

"아니, 얘가 아직도 안 자나?"

"대체 뭘 하고 있는 거야?"

"절대 공부는 아닐 테고. 또 밤새도록 게임하나?"

고장 난 현관 등에 이어 새벽 5시에 깨어 있는 아이라니. 이 시간까지 안 자면 오히려 아침 등교 시간에 곯아떨어질 게 뻔하다. 하지만 여자는 그 시간까지 깨어 있을 자신이 없다. 이제 일 끝내고 들어와 아이 아침거리 식탁에 차려 놓으면 본인의 의지와 무관하게 기절하듯 잠들기에 십상이다.

그럼 아침 8시에 세 식구가 모두 꿈나라에서 헤매고, 결국 아이는 지각. 만약 원격 수업이면 오전 수업은 모두 미인정 결과. 한두 번 있는 일이 아니다. 벌써 3년째다.

"어, 이거 진짜 큰일이네."

이제야 남자는 여자가 왜 그렇게 가게를 그만두고 싶어 하는지 알 것 같다. 돈 몇 푼 벌자고 버티다, 그나마 돈도 못 벌고 자식 하나 있는 거 다 망치게 생겼다. 이대로는 안 된다. 이번에야말로 이 놈의 자식을 아주 호되게 혼쭐을 내야겠다.

그들은 현장을 급습하기 위해 살금살금 음악 소리가 나는 곳으로 조심스럽게 다가간다. 음악 소리가 흘러나오는 지점에 어렴풋한 회색빛이 흘러나오고 있다. 암흑에 작은 상처라도 나서 희미한 빛이 피처럼 흘러내리다 굳은 듯한 모습이다.

그 빛이 흘러나오는 시작 지점에 살짝 열린 하얀색 문이 어둠 속에서 빛을 받아 어슴푸레 반짝이고 있다. 바로 그 문 사이로 빛과 함께 음악 소리가 새어 나오고 있다.

그 틈으로 회색빛을 흘려보내는 빛의 근원이 반짝이며 보인다. 컴퓨터 모니터다. 컴퓨터 모니터에서 반짝이는 빛이 계속 흘러나와

불 꺼진 방바닥을 지나 문밖으로 흘러나가 아무도 없는 텅 빈 아파트의 암흑에 상처를 내고 있다. 컴퓨터 스피커에서는 똑같은 음악이 1분 간격으로 되풀이되고 있다.

컴퓨터 앞에 한 소년이 한 손에 마우스를 움켜쥐고 엎드려 있다. 잠을 자는 것이 아니다. 잠이 들어 버린 것이다. 능동과 수동의 차이는 크다.

그 꼴을 본 남자는 가슴 속 깊은 곳으로부터 뜨거운 기운이 치밀어 오르는 것을 느낀다. 얼굴이 후끈하게 달아오르는 것이, 아무래도 혈압이 오르는 모양이다. 흔히 노인들이 '뒷목 잡는다.'라고 하는 상황이다.

차라리 게임하는 건 봐줄 수도 있다. 남자도 10대 시절에는 게임 깨나 했다. 중고등학교 내내 방과 후에 일단 PC방부터 달려가 스타크래프트, 디아블로 따위로 시간을 까먹는 시절을 보냈으니까. 하지만 저렇게 모니터 앞에 널브러진 한심한 모습은 아니었다. 저런 모습은 그 시절 PC방마다 몇 명씩 있기 마련인 이른바 '폐인'들이나 보여 주던 모습이다.

폐인. 그 당시 폐인들은 주로 PC방에서 살다시피 하며 '바람의 나라'나 '리니지' 같은 온라인 게임에 푹 빠져 있던 어른들을 일컫는 말이었다. 당시만 해도 금연 문화가 정착되지 않아 담배 연기 자욱한 PC방을 만들었던 주범들이다. 그들이 게임하는 컴퓨터 앞에는 재떨이가 되어 버린 컵라면 용기가 2열 횡대로 너저분하게 들어서 있기 마련이었다. 게임-담배-컵라면으로 끼니-다시 게임 이 순환이 그들의 일상이었을 것이다. 그때만 해도 PC방이 24시간 영업하는 곳도 많아 여기에 수면까지 포함되기도 했다.

PC방 주인으로서는 그들은 늘 일정 수준 이상의 매출을 보장해주는 고객이기 때문에 그들이 아무리 폐인 꼴을 하고 있어도 개의치 않았다. 그 무렵 태국인가 어디선가 며칠 밤을 새워 가며 게임하다 심장마비로 누가 죽었다는 뉴스가 나오기도 했다. 모르긴 몰라도 한국에서도 그러다 세상을 떠난 폐인이 분명히 있었을 것이다.

어른들만의 일은 아니었다. 고등학교 2학년 때 남자네 반에서도 폐인 된 녀석이 하나 있었다. 그 어른들처럼 한심하고 찌질해 보이는 녀석도 아니었다. 무려 전교 선도부 차장을 지내던 녀석이었다. 그런데 이 엄친아 중의 엄친아가 어느 날 갑자기 학교에 오지 않았다. 당연히 어디가 아플 거라 생각하고 위로 차 집에 전화를 걸었던 담임 선생님은 깜짝 놀랐다. 녀석은 집에도 들어오지 않았던 것이다.

담임 선생님과 그 녀석 부모님이 애타게 찾아 다녔다. 남자와 몇몇 친구도 함께 찾아 다녔다. 아이들이 자주 가는 PC방을 안내하는 역할이다. 엉뚱하게도 그 녀석이 붙잡힌 곳은 집에서 멀지 않은 동네 PC방이었다. 완전 등잔 밑이다. 녀석의 말이 가관이었다. 등교 전에 딱 한 판만 하고 가겠다며 들어갔다 그만 하루 종일 컴퓨터에 붙들렸다는 것이다.

"아니, 교복 입은 학생이 일과 시간이 돼도 학교에 안 가고 있으면 쫓아내서라도 보내야지, 어떻게 하루 종일 이렇게 놔둬요?"

"이거 왜 이러셔? 내가 무슨 교육자야? 난 장사꾼이야. 학교에서 똑바로 안 가르쳐 놓고 얻다 대고 시비야?"

대충 이런 내용으로 담임 선생님과 PC방 주인이 멱살잡이하며 싸웠던 기억이 난다.

지금 생각해 보면 담임 선생님은 그 녀석 들으라고 일부러 그랬던 것 같다. 실제로 그 녀석의 면목 없고 계면쩍은 표정은 아직도 잊을 수 없다. 눈물을 철철 흘리며 "잘못했습니다. 다시는 그러지 않겠습니다."라고 무릎까지 꿇었던 것을 보면.

하지만 녀석은 약속을 지키지 못했다. 오히려 더 심해졌다. 그날 이후로도 녀석은 걸핏하면 학교에서 새어 나가 PC방으로 흘러갔다. 이제는 하루로 끝나지 않았다. 한번 흘러갔다 하면 이틀씩 사흘씩 사라졌다 다시 나타나곤 했다. 이 PC방 저 PC방 전전하며 하룻밤 새우고 라면으로 끼니를 때워 가며 며칠씩 게임을 했다는 것이다. 바로 딱 폐인의 모습이다.

어쩌다 학교에 와도 거의 엎어져 잠들어 있었다. 엎어져 자면서도 오른손은 계속 마우스를 클릭하는 것처럼 집게손가락을 바르르 떨었다. 그 모습을 본 아이들은 오싹함을 느끼며 게임할 맛을 다 잃어버렸다.

그래도 어찌어찌하여 게임을 끊고 학교에 다시 나오게 되었지만 그 결과는 참혹했다. 평균 95점 정도 하던 녀석이 단숨에 65점까지 떨어지고 말았으니까. 엄친아의 이 처절한 몰락을 본 남자는 그 날 이후로 PC방을 끊었다. 엄친아도 저렇게 망가뜨릴 수 있는 것이 게임이라면 자기 같은 그냥 그런 학생은 그야말로 한 방에 훅 가겠다 싶었다.

남자는 공부를 잘하는 학생은 아니었다. 대학도 그냥 학력난에 공백으로 두지 않을 정도로 진학했다. 그래도 남자가 평생 근면 성실하게 일하면서 서울에 30평대 아파트라도 장만할 수 있었던 것은 그 엄친아의 처참한 망가짐이 준 충격 덕분이다. 어떤 면에서는 녀석이 남자의 은인이다.

그 엄친아 녀석이 지금 어떻게 살고 있는지는 모르겠다. 일단 성적은 다시 올린 모양이다. 하지만 두 번 다시 90점 이상으로는 가지 못했고 85점 내외를 오가다 완벽히 회복하지는 못한 상태에서 졸업했다. 원래 스카이를 노렸던 녀석인데, 결국 스카이에는 원서도 못 내 보고 끝났다. 나중에 재수해서 스카이를 갔는지 안 갔는지는 모른다. 그렇게까지 친한 녀석은 아니라 졸업 이후에는 소식이 뚝 끊겼다. 다만 엎드려 자면서도 오른손으로 마우스를 빠르게 타타타탁 클릭하는 것 같은 손가락 동작을 하던 모습만은 20년이 더 지난 지금도 잊히지 않는다.

그런데 지금 아들놈의 모습이 딱 그 꼴이다.

'폐인. 내 아들이 폐인?'

"아니, 이놈의 자식이 지금. 야, 이종훈, 너."

폐인의 기억이 선명해지자 남자는 더 참지 못하고 아들의 등판을 두드려 깨우기 위해 한달음에 달려든다. 마음 같아서는 목덜미를 잡고 일으켜 방바닥에 보디 슬램으로 패대기치고 싶다.

하지만 남자가 잔뜩 들어 올렸던 손을 마치 태극권이라도 하는 것처럼 살며시 내려놓는다. 그리고 입을 반쯤 벌리고 아들이 잠든 모습을 본다.

힘들어 보인다. 아무리 힘든 하루를 보내도 잠자는 시간만큼은 평화롭고 편안해야 할 텐데 아들이 잠든 모습은 오히려 깨어 있는 시간보다 더 힘들어 보인다. 사실 아들의 깨어 있는 모습을 자주 보지도 못했다.

아들이 엎드린 등판이 잔뜩 위축되어 누군가에게 애원이라도 하는 것 같다. 아무리 봐도 이건 인민군도 두려워한다는 중학교 남자아이의 건장하고 활기찬 등이 아니다. 그저 초등학교 6학년 아이의 등이다. 그러고 보니 남자가 깨어 있는 아들과 제대로 이야기도 하고 놀이도 한 것은 초등학교 6학년이 마지막이다.

'아, 벌써 중학교 졸업반이구나. 그런데 저 등판이 크기만 컸지 아직도 어린아이의 모습을 하고 있구나.'

남자는 더 이상 아이의 등을 보지 못하고 고개를 돌린다.

"왜 그래? 애 안 깨우고? 침대로 보내야지. 이러고 자게 둘 거야?

종훈아, 종훈아. 어머."

하지만 여자 역시 더 이상 말을 잇지 못한다.

잠든 종훈의 눈가가 촉촉하게 반짝이는 것이다. 흐르다 말라 굳어 버린 눈물 자국이 모니터 빛을 받아 번들거리면서 만들어 내는 반짝임이다. 그리고 그 위로 다시 새로운 눈물이 덮어씌워지며 그 빛을 어지럽게 흩어 낸다.

"세상에 얘가 왜……."

남자도 여자도 더 이상 아무 소리 내지 못하고 그저 아들의 등 판만 바라보고 섰다. 그러다 아들을 보는 것이 불편해져 약속이라도 한 듯이 모니터로 시선을 돌린다.

모니터에서는 마치 유령처럼 문자들의 행렬이 둥실둥실 떠다니고 있다.

> 당신의 캐릭터가 죽었습니다.
>
> 경험치와 아이템의 20%를 삭감하고 다시 시작하시겠습니까?

작가의 말

　그동안 두 편의 소설을 냈습니다. 단편 소설집인《명진이의 수학 여행》, 장편소설《그 여름의 끝, 우리는》입니다. 모두 '교육소설'이 라는 이름으로 나왔습니다. 교사의 눈으로 학교와 그 주변 이야기 를 하는 소설이라는 의미입니다. 두 작품 모두 권오석이라는 50대 교사와 30대 교사인 와니 쌤, 써니 쌤이 이야기를 풀어나갑니다. 말하자면 하나의 세계관을 공유한 셈이죠. 이 세계관을 나름 매력 적으로 느낀 분들로부터 이 캐릭터 설정으로 학생이 주로 이야기 를 풀어 가는 소설이 하나 있었으면 좋겠다는 요청이 종종 들어왔 습니다.

　하지만 그냥 학교 이야기를 쓰고 싶지는 않았습니다. 뭔가 독특 한 이야기를 쓰고 싶었습니다. 코로나19가 아이들의 삶에 어떤 그 림자를 드리웠는지 너무 무겁지 않게 살짝 보여 주고 싶었습니다. 그래서 나온 것이 이 엉뚱한 소설입니다.

　이 소설에는 분명 와니 쌤과 그의 학생들이 등장하니 요청에 화 답한 셈이지만, 조금 읽다 보면 속았다는 느낌이 들 겁니다. 네, 이 소설은 일종의 판타지입니다. 원래 판타지는 일종의 집단적인 소원 충족몽이라고 합니다. 이 소설은 종훈이의 소원 충족몽이라고 할 수 있습니다. 종훈이의 너무도 소박한 소원이 현실 세계에서도 이루어지기를 바라지만 아마 여전히 판타지에 빠져 있을 가능성이 더 큽니다.

어른들이 주변에 온라인 게임이 만들어 보이는 판타지 세계에 푹 빠져 있는 아이들을 보면 야단치기보다 먼저 측은지심을 느끼는 세상이 되었으면 합니다. 무엇보다 아이들이 판타지보다 현실 세계에서 더 행복하고 사랑받았으면 하고요.

그런데 슬라디넬라 이야기는 결국 종훈이의 꿈이었을까요? 그렇기도 하고 아니기도 합니다. 잘 읽어 보시면 어느 쪽이든 다 이야기가 됩니다. 하지만 꿈이 아닌 쪽이 좀 더 흥미롭겠죠?

권재원